あやかし猫の花嫁様

湊 祥 Sho Minato

アルファポリス文庫

https://www.alphapolis.co.jp/

金魚が泳ぐガラスドームのネックレス

こんな安っぽい恋愛ドラマみたいな展開、現実に存在するんだ。

私――紺茜《こんあかね》は眼前の光景を眺めながら、他人事《ひとごと》のように感心してしまった。

今日は、私の二十歳《はたち》の誕生日だった。

数日前に年上の恋人・充《みつる》から「授業が終わったら俺の家に来てよ。素敵なお店にエスコートするから！」と言われていたので、ルンルン気分で彼の家へ向かった。

ただし、受講予定だった講義が突然休講になったので、約束の時間より二時間早く。

事前にスマートフォンからメッセージを送っておこうかと思ったけれど、彼の家は大学の目と鼻の先だったので、何も連絡せずに行ってしまった。

インターホンを押すが反応がなく、留守なのかと思って一旦は立ち去ろうとした。

――しかし。

虫の知らせとでも言うべきか。このドアの向こうから、なんとなく不穏な気配がしてならない。

私は、安アパートの傷だらけのドアノブをおっかなびっくり回した。鍵はかかっていなかった。だから忍び足で入った。

彼の家は狭いワンルーム。入った瞬間、それは見えた。シングルベッドの上で、妖《よう》艶《えん》な女性と体を重ねている私の恋人の姿が。

しばらくの間、無言で彼らの行いを見ていると、体勢を変えた充と目が合った。みるみるうちに青ざめていった彼は、次の瞬間、陳腐《ちんぷ》なセリフを口にした。

「茜！　ち、違うんだ！　これはっ！」

言い訳を口にする充の背中を、後ろから抱きしめる女は、私を見て勝ち誇ったように笑う。

――はあ。そんな顔をされましてもねえ。どうぞどうぞ、もういらないので持っていってくださって結構ですよ。

友達の紹介で知り合った二歳上の充。出会った時から、テンプレイタリア人のようにアピールが激しくて、流されるように恋人同士になった。

優しかったし、話も面白かったので、それなりに楽しく付き合っていた。彼に対して、燃えるような恋心を抱いていたわけではないけれど、好きだったと思う。

だけどそんな気持ちはもう微塵《みじん》も残っていない。

いや、残っていないことにしよう。

浮気した男と付き合いを続けられるほど、私は器用な人間ではない。

「バイバイ」

私は満面の笑みを浮かべて、充に向かって断言する。途端に、彼が「ひっ」と喉の奥で悲鳴を上げた。きっと私の笑みに黒い影を見たのだろう。

充は、絡んでいる女の手を振り払うと、ベッドから勢いよく飛び出てきた。そして私の肩をがしっと掴《つか》むと、切なそうに顔を歪《ゆが》めてこう言った。

「これは一時《いちじ》の気の迷いっていうか……。俺には茜だけなんだ。頼む、許してくれ」

私に懇願する彼の言葉の後に、「えー！　何よそれ、聞いてない！」なんていう、耳障りな女の声が続く。

――まあ！　やっぱりその女はただの遊びで、本当に愛しているのは私なのね。

なんてこと、思うわけがないだろう、この馬鹿！

「汚い手で触らないでくれる？」

笑顔のまま、充の手を思いっきり振り払う。ほんの十分前まで好きだった温かい手は、私の中で一気に不浄の物へと成り下がった。

っていうか、全裸で縋《すが》りついてこられてもねえ。写真に撮って、変なタグ付けをしてSNSにアップしたいくらいである。やらないけど。

私は充に背を向けて、つかつかと歩いて部屋を後にした。歩いている間、下種《げす》男の喚《わめ》き声が聞こえた気がしたけれど、きっと空耳だと思う。

そのまま私は、大学近くのバス停で自宅方面に向かう路線バスを待つ。幸い、数分で来てくれた。

私の家は繁華街から離れた山奥の集落の一軒家だ。大学までバスで五十分はかかるから不便ではあるが、賃貸ではないので家賃はかからない。

バスの一番後ろの座席に座り、私は外を眺めた。窓の風景は、賑《にぎ》わいを見せる繁華街から、夏らしい青々とした田んぼが多くなり、次第に周囲が木々に囲まれていく。

見飽きたその風景がいつの間にか滲《にじ》んでいった。気づいたら、私の目が湿《しめ》っている。

それを拭い、私は生まれて初めての恋人との別れに、無理やり踏ん切りをつけた。

＊　＊　＊

「ただいまー……」

建て付けの悪い古びた引き戸を開けながら、私は覇気《はき》のない声で言う。返事がないことはわかっているけれど、昔からの癖で言ってしまうのだ。

背の高い塀で囲まれたこの家は、母屋《おもや》の他に、軽いボール遊びならできそうな大きな庭と、正体不明な物がたくさん放置されたままになっているかなり古い蔵がある。

母屋《おもや》は、分厚く真っ黒な瓦屋根の載った木造平屋造りだ。正確な年数はわからないが、築五十年は軽く超えているだろう。

中には六つも畳敷きの和室があるけれど、常に使っているのはそのうちの三つで、私ひとりで住むには広すぎるくらい大きな家である。

元々は母方の大叔母の持ち家で、私にとっては忘れられない思い出の家だ。

物心がつくかつかないかの頃に両親を事故で亡くした私は、親戚をたらい回しにされるというありがちな経験をしている。そして、大叔母が元気だった頃、一年くらいここに住んでいたこともあった。

独身の大叔母は優しくて心が広くて、この家はとても居心地がよかった。庭にはこの辺を縄張りにしている猫が常に何匹か来ていて、よく私は猫と大叔母と家族ごっこをして遊んでいた。

大叔母が病気になって私の面倒をみられなくなり、別の親戚の家に引き取られることになった時は、号泣したのを覚えている。

できることなら、ずっとこの家にいたかった。しかし、当時まだ十歳だった私に、自分の身の振り方を決める権利などあるはずもなかった。

その後、紆余曲折《うよきょくせつ》の末なんとか成人を迎えた私だったが、この家で過ごした温かな日々を、どうしても忘れることができなかった。

そして、大叔母亡き後、ずっと空き家《あきや》になっていたこの家に、大学進学と同時に住まわせてもらうことになったのだ。

家に入った私は、荷物を置くなり、真っ先に脱衣所へと向かった。浮気男に触れられた左肩を、一刻も早く洗い流したかったからだ。

バランス釜《がま》のつまみを、カチカチと音を鳴らしながら回して湯沸かしをする。この昭和の遺物を、私と同世代の人はあまり知らないようだ。

バランス釜《がま》とは、バランス型風呂釜《がま》の通称で簡単に言えば、ガスを使った給湯器のことだ。シャワーの水圧が弱く、すぐにお湯も冷めてしまうけれど、そこまで不便は感じない。

お湯が沸くまでの間、とりあえずシャワーで体を洗い流す。私はあの男に触れられた左肩を、石鹸《せっけん》で念入りに洗った。まるでお清めでもするような気持ちで。

気のすむまで洗って満足した時、ふと鏡に映った右肩の痣《あざ》が目に入った。

物心ついた時から右肩にある、二センチ四方くらいの変な模様の痣《あざ》だ。どことなく猫の肉球のような形に見えなくもない。

親戚の話によると、生まれた時に痣《あざ》はなかったそうだ。もしかしたら、幼い時に怪我でもしたのかもしれない。

入浴後、すぐに寝てしまおうかと思ったけれど、この心の乱れようでは、入眠までに時間がかかる気がした。

そこで私は、ある部屋へ向かった。

その部屋に入った瞬間、鼻を刺すような樹脂の臭いがした。一般的にはあまりいい臭いではないけど、私にとっては慣れ親しんだ落ちつく臭いだった。

六畳ほどの和室には、大叔母が放置していた桐箪笥《きりだんす》や、私が最近買った安物のキャスターなどが所狭しと並んでいる。部屋の奥にある机の上には、工具やUVライトが出しっぱなしになっていた。

「さて……今日は何を作ろうかな」

机の引き出しを開けて、中に入っているパールやビーズ、ホログラムなどのキラキラしたパーツを眺める。ここは、アクセサリーなどを作るための作業部屋なのだ。

私はアクセサリー作りを趣味としていた。それは、子供の頃にリリアンやビーズ細《ざい》工《く》を教えてくれた大叔母の影響だった。

UV光でレジンを固めたり、樹脂粘土やプラバンを使ったアクセサリー作りは、時間の経つのも忘れて没頭してしまう。

しかも、最近ではただの趣味ではなくなってきていた。

というのも、大学に入学したての頃、できの良かったアクセサリーを試しにネット通販サイトで販売してみたところ、あっという間に完売してしまった。

それ以来、アクセサリーによる稼ぎが、私の食費や光熱費となっている。最近では顧客も増えてきていて、他にアルバイトをしなくてもいいくらいの利益が出ていた。

——今日はひたすらアクセサリーを作り続けよう。そうすれば、あの忌々《いまいま》しい男のことなんて、どっかに消え失せてくれるだろう。

それから数時間、私は集中してアクセサリーを作り続けた。透明なレジンの中にパールやドライフラワーを封じ込めたヘアゴムや、樹脂粘土で作ったマカロンをモチーフにした子供用のペンダント、ビーズを繋げたシンプルなピアスなど、販売用のアクセサリーが次々とでき上がっていく。

作業が一段落し、満足感を味わっていた時だった。

――ん？

外で何か物音がしたような気がした。

来客だろうか？　この集落に住む人の大半は、何世代も前からここに定住している顔見知りだ。みんな親戚のような感覚でいるからか、平気で他人の家に上がり込む。大叔母の親戚である私のことも、そう思ってくれているのは嬉しいけれど、田舎《いなか》ならではの風習にはやっぱりちょっと困ってしまう。

まあ、ご近所さんはみんな気のいい人たちだし、円滑な近所付き合いのためには、やめてほしいなんて言えないのだけど。

私は障子を開けて、縁側へ出る。案の定、庭に人影があった。すでに午後九時を回っていたため、暗くて誰かは判別できない。

だけど、こんな山奥に泥棒なんてめったに出ない。やっぱり近所の誰かだろう。回覧板でも届けに来たのだろうか、と私は小さく嘆息する。

「あの、何かご用ですか？」

私はその人影に向かって、声をかけた。するとその影がゆっくりと振り返る。作業部屋から漏れる光が、その人物の顔を照らし出した。

――その瞬間、私は息を呑んだ。

一見、鋭く見えそうな切れ長の瞳には、穏やかな光が浮かんでいる。驚くほど整っている色白の顔は、女性と見まがうほど美麗だ。しかし、百八十センチはありそうな長身と平坦な胸、灰色のシンプルな男物の着流しを着ていることで、彼が男性であるとわかる。

二十五歳前後に見える彼は、カラーコンタクトでも入れているのか、美しい新緑の瞳をしていた。スッと通った鼻筋に、形のいい薄い唇。黒い短髪はサイドの長さが左右で違っている。よく見ると、橙色《だいだいいろ》のメッシュがところどころに入っていた。

首には黒い首輪のようなチョーカーをしている。

――え？　どういうこと？　なんでこんな神秘的な超絶和風イケメンが、ウチの庭にいるわけ？

「あ、あの。ご近所の方……ですか？」

想定外の来訪者に、私は少しだけ警戒しながら尋ねる。こんなド田舎《いなか》には不釣り合いなイケメンではあるが、最終バスもとっくに通過している時間にここにいるということは、この辺の人で間違いないはず。

でも、今まで一度として見たことがないことを考えると、帰省か何かで集落を訪れた人だろうか。それとも、引っ越してきた人とか？

相手についていろいろ考える私だったが、彼は艶《つや》っぽい唇を開いて、爽《さわ》やかなイケボで言った。

「近所……というよりは、親族かな？　君の」

素敵な美声に一瞬心地よくなったが、言われた言葉の意味がわからず、首を傾げてしまう。

「………………はあ？」

親族……って？　この人が？

記憶を必死に探って、会ったことのある親戚を思い出そうとする。

だけど、親戚同士の集まりで、このイケメンの顔を見たことは一度もなかった。

もしかしたら、私の知らない遠縁の親戚なのかもしれない。さすがにすべての親族を把握しているわけではないし。

「そうなんですか。……私とは初対面のようですけど」

こんなイケメンなら、一度でも顔を合わせていたら絶対に記憶に残っているはずだ。

「初対面？　まさか。何を言ってるんだい？　僕はずっとこの日を待っていたんだよ」

まるで恋人に愛を囁《ささや》くような色っぽい目つきをして、穏やかに彼が言う。かっこいいなあこの人と思いながらも、やはり言っていることがわからない。思わず私は眉間《みけん》に皺《しわ》を寄せた。

——なんか、変わった人だな。

こんな山奥の家にピンポイントで訪ねてきたということは、大叔母と繋がりがある可能性が高い。だけど私には、本当に全く彼に心当たりがなかった。

不思議と怖そうな感じはないけれど、掴《つか》みどころがなくてちょっと変な印象を受ける。夜も遅いし、一度お帰りいただけないだろうか。

「あの、たぶん人違いかと思いますよ」

私は努めて優しくそう言った。すると彼は困ったように微笑んだ。

「約束を忘れてしまったのかい？　今日は茜の二十歳《はたち》の誕生日だろう。ようやく昔の契《ちぎ》りを果たす時が来たというのに」

「えっ⁉」

その言葉に私は虚を突かれた。

何故私の名前と誕生日と、さらには年齢まで知っているのだろう。

どうやら人違いではないようだ。しかし、やっぱり彼に関する記憶が一切ない。幼い頃に会ったきりで、私が忘れてしまっているだけなのか？

「申し訳ないんですけど、私はあなたのことを全く覚えていなくて。あと、契《ちぎ》りってなんのことですか？」

本当に親戚なのかもしれないけれど、彼の目的が一向にわからないので、恐る恐る尋ねる。

すると彼は「ふっ」と鼻で小さく笑う。「仕方ないなあ、こやつめ」とでも言いたげな、どこか面白がっているような微笑み。

「昔、家族になろうと約束しただろう？　今日、茜が二十歳《はたち》を迎えたことによって、やっと僕たちは結婚できるんだよ」

「けっ……!?」

予想を大きく上回る単語が出てきて、思わず言葉を詰まらせてしまう。

なんでこのイケメンから、突然、契《ちぎ》りだの結婚だの訳のわからないことを言われているのか、皆目見当もつかない。親族かどうかも怪しい気がしてきた。

ただ、確かなことがひとつだけある。

――こいつ、絶対やばい奴だ！

そうでなければ、いきなり結婚なんてワードが飛び出してくるはずがない。私とどこで出会い何を気に入ったのかは知らないが、新手のストーカーという可能性もある。

ストーカーなら、年齢や名前くらい調べているだろうし。

「婚礼の準備をしないとなあ。化け猫たちが大勢祝ってくれるよ」

ますます訳のわからないことを言い出した男から、私は一目散に逃げ出した。作業部屋に戻り、急いでガラス戸を施錠し、障子をぴしゃりと閉める。

やばいやばい。本当にあの人、やばい。

警察を呼ぼうか⁉　いや、でも実際に被害が出ないうちは動いてくれないって聞いたことがある。それに、パトカーがサイレンを鳴らして来た日には、近所中の噂になるだろう。せっかくのんびり暮らしているのに、居づらくなるのは勘弁だなあ……などと、作業部屋の中で頭を抱えていると。

「夫に対してひどい仕打ちだね」

「うわあ⁉」

いつの間にか、作業部屋に着流し姿のイケメンがいた。彼は、先ほど作成したアクセサリーや桐箪笥《きりだんす》を興味深そうに眺めている。きっちり鍵は締めたはずなのに、一体どこから入ってきたというのか。

「ちょっ……！　なんなのあんた！　不法侵入で訴えるよ⁉」

彼の物腰が柔らかなためか、不思議と恐怖感はなかった。しかし「一体全体お前は何者なんだ」という思いが強くて、口調が乱暴になってしまう。

「夫婦だから不法侵入も何もないと思うけど？」

「だ、だからっ！　その意味がわからないからっ！　私は独身二十歳《はたち》の女子大生ですっ！　誰かと結婚した記憶はとんとございませーん！」

「ああ、やっぱり忘れてるのか。でも大丈夫。僕はちゃんと覚えているから」

私が必死に訴えても、ニコニコ笑いながらさらりと流されてしまう。まさに暖簾《のれん》に腕押し、糠《ぬか》に釘。

「あの！　私今、忙しいんで！　その話はまた今度！」

よって、別の作戦に出ることにした。真っ向から彼の言っていることを否定しても聞いてくれないことがわかったので、とにかく出て行ってもらうように仕向ける。

――すると。

「なんだ、そうなのかい？　女子大生とやらも大変だね。それではまた後でね、茜」

柔和な笑みを浮かべてそう言うと、彼は私に背を向けてあっさりと作業部屋から出て行った。

よくわからないけど、意外に簡単に納得してくれてよかった……。私はひとり残された部屋で、安堵のあまりその場にへたり込む。

途端に、どっと疲れが湧いてきた。

今日は、恋人の浮気現場に遭遇して別れを決意した上、変な男に不法侵入されるというダブルコンボをお見舞いされたのだ。疲労困憊《ひろうこんぱい》するはずである。

そう思ったら、急に眠気が襲ってきた。寝室に行く気力すらなかった私は、そのまま作業部屋の畳の上で眠ってしまったのだった。

＊　＊　＊

懐《なつ》かしくて、切ないけれど、ちょっと優しい。そんな遠い記憶を夢に見た。

これはいつのことだっただろう？

「みーくん……みーくん……」

私は泣きながら大叔母さんの家の縁側に座っていた。三毛猫のみーくんが「にゃあ……」と寂しげに鳴いて、私の膝へ乗ってきた。

みーくんは、その時の私の親友だった。ほとんどいつも一緒にいたと思う。

お父さんとお母さんを亡くした私が、大叔母さんの家で暮らすようになって一年が経った。

それまでは従兄弟《いとこ》の家や、独身の叔母さんの家で世話になっていた私。みんな最初は優しかった。しかし、次第に従兄弟《いとこ》は私を邪魔者扱いするようになったし、大人たちは私のいないところで「あの子、暗くてかわいくないわねえ」「いつまで家で面倒をみなきゃいけないんだ」なんて言っているのを知っていた。

だから私は、どこにいても心から馴染《なじ》むことができなかったんだ。

だけど大叔母さんだけは違った。最初に「好きなだけここにいていいよ」と言ってくれた。それでも今までの経験から、なかなか心を開けない私に「一緒に編み物しようか」とか「リリアンやってみる?」と、いろいろなことに誘ってくれた。

少しふっくらとして小柄だった大叔母さんは、その小さな体から常に温かい雰囲気を醸《かも》し出していた。両親の死や他の親戚からの扱いによって、自暴自棄になっていた私の心を優しく溶かしてくれるような、そんな雰囲気を。

若い頃は大層美しかったのだろうと想像できる整った顔には、幾重にも皺《しわ》が刻まれていた。その皺《しわ》がより深くなる大叔母さんの笑顔に、嘘や偽りがないことを私は子供ながらに感じ取っていた。

彼女が心から私を受け入れてくれていることがわかって、大叔母さんが大好きになり、彼女の前では素直な子供になれたのだ。

大叔母さんの家の広い庭には、いつも何匹かの猫がいた。近所をうろついている猫たちは、優しく大らかな大叔母さんによく懐《なつ》いているようだった。

育った環境からか学校でもなかなか友達ができなかった私は、その猫たちと大叔母さんが遊び相手だった。

お父さんとお母さんを亡くしてから初めて、心から安らぎを覚えたのがここでの暮らしだった。「大人になるまでここにいていいんだからね」と言う大叔母さんの言葉に、私は心の底から安心していたのだ。

——それなのに。

大叔母さんは重い病気となり、入院することになってしまった。

私はひとりになったってここにいたかったけれど、十歳の私にそんなことをさせるわけにはいかなかったらしい。

大人たちが私の今後を話し合っている時に、何度も「ここに残らせてください」ってお願いしたけれど、「わがまま言うんじゃない！」と怒られてしまった。

私はまた、従兄弟《いとこ》の家で厄介になることが決まった。従兄弟《いとこ》は面倒くさそうに私を見て、叔父さんと叔母さんは作り笑いを浮かべて「またよろしくね」と言った。

行きたくなかった。この人たちは私を邪魔者だと思っている。それなのにどうして私を預かったりするのだろう。

大叔母さんは私に掃除だって料理だって、洗濯だって教えてくれた。だから、ひとりでだってこの家で暮らしていけるのに。

「みーくん、離れたくないよ……」

私の膝に乗ってゴロゴロと喉を鳴らすみーくんに、私は泣きながらそう言った。

みーくんも一緒に連れていっちゃダメかな。そう思ったけれど、ただでさえ邪魔者と思われている私が、そんなことを言えるはずなんてなかった。

私の家族は、大叔母さんとみーくんだけなのに、どうして離れなければならないのだろう。

「にゃーん」

拭うたびに溢《あふ》れてくる涙を、みーくんがペロリと舐《な》めた。猫の舌はざらざらとしているけれど、とても温かい。

みーくんが私を心配しているのがわかる。前々から思っていたけれど、みーくんは不思議と私の言っていることがわかっているみたいだった。

みーくんや他の猫、大叔母さんと一緒に、おままごとをした時もそうだった。

大叔母さんがおばあちゃんで、私がお母さん。そして、みーくんがお父さんで、他の猫たちは娘だったり息子だったりおじいちゃんだったりと、設定はその都度違っていた。

でも私とみーくんはいつも夫婦だった。他の猫たちと違って、みーくんだけが私の言葉にちゃんと返事をしてくれるし、お願いをきいてくれるから。

お願いといっても、隣に座ってとか、お箸《はし》に使う木の棒を取ってきてとかだけど。

でも猫なのに、私の言葉をわかってくれるのは、きっと本当の家族だからなんだって思っていた。

――いやだ。また家族がいなくなってしまうのは。

「みーくん、これあげる」

私はポケットの中から、この前大叔母さんと作ったビーズの指輪を出した。みーくんの毛の色に合わせた、オレンジっぽい茶色と黒、白の丸ビーズを紐《ひも》で繋げた色鮮やかな指輪だ。

「にゃーん?」

みーくんはそれに鼻を近づけて、くんくんと匂いを嗅いだ。そしてそれに頬をこすりつけてくる。どうやら、気に入ってくれたらしい。

私はみーくんがしている黒い首輪の金具に、その指輪を付けた。

「これは家族の証《あかし》です。これがある限り、私とみーくんはずーっとずっと、一生死ぬまで家族です」

ありったけの願いを込めて言う。みーくんは目を細めて「にゃーん」と長い声を上げた。まるで返事をしてくれているような鳴き声に、私は顔を綻《ほころ》ばせた。

――みーくんと私は、離れていても家族だ。

頑張ろう。私にはみーくんがいるんだ。お父さんもお母さんもいなくたって、大叔母さんと一緒に暮らせなくなったって、私にはずっとみーくんという家族がいる。

次の日、叔父さんが迎えに来た。みーくんは家の敷地から出ていく私を、中庭の真ん中からずっと見つめていた。

――僕はずっとここにいるよ。

みーくんのガラス球のような緑色の瞳が、確かに私にそう言っていた。

けれど、その時を最後に、私はみーくんと再会することはなかった。

＊　＊　＊

目が覚めたら、見慣れない天井が目に入った。

覚束《おぼつか》ない頭で、眠る前の記憶を思い出す。あまりにいろいろなことがありすぎて、寝室に行く気力もなく作業部屋でそのまま眠ってしまったんだっけ。

——それにしても、懐《なつ》かしい夢だったな。

親友だった三毛猫のみーくん。

そういえば三毛猫の雄って、めったに生まれない希少種だと聞いたことがある。まるで私の言葉がわかっているような素振りをしていて、頭がいいなあなんて思っていたけれど、やっぱり特別な猫だったんだな。

大学入学と同時にこの家に戻ってきた時、庭にみーくんの姿はなかった。たくさんいた他の猫たちも。

近所の人に尋ねたら、最近は猫が外をうろついているのを嫌う人が増えたため、今は完全室内飼いにするようになったんだと言っていた。

時代の流れだ。

みーくんも、近所のどこかのお家の中にいるかもしれない。あれから十年くらい経っているけれど、まだ元気でいるといいな。

そう、私がみーくんとの思い出を懐《なつ》かしんでいる時だった。

「にゃーん」

窓の外から聞こえてきたのは、猫の鳴き声。

思い出の中のみーくんと同じ声だった気がする。

まさか、と思って私は障子とガラス戸を開けた。

——そこにいたのは。

「みー……くん⁉」

白地に黒と茶色がまだらに浮かんでいる三毛猫模様。グリーンのまん丸で大きな瞳。猫の中ではかなりの美形と思われるその容姿は、先ほど見た夢の中の、私の家族と完全に一致する。

間違いない。見間違えるはずがない。

だって、大好きだったから。大好きな家族なのだから。

庭にちょこんと座ったその猫は、正真正銘、私の家族のみーくんだった。

しかし、あれから十年以上経っている。

あの当時、まだ若い猫だったみーくんは、今は少なく見積もっても十一歳は超えているはずだ。確か猫の十歳は人間でいう六十歳くらいだって、どこかで聞いたことがある。

猫は人間ほど老化が顕著に表れないそうだけど、十年経ったのに昔と全く変わらず若々しいなんてことが、あり得るのだろうか。

どうして昔と変わらない姿なのだろう？　疑問に思う私の前で、みーくんは身軽な動作で私の立つ縁側の上に飛び乗る。

――そして。

「なんだ、僕のことをちゃんと覚えているじゃないか」

猫のみーくんがそう言った――そう言ったのだ。確かに、人間の言葉で。若い男性のような声音で。

「……⁉」

驚きのあまり言葉を失い、足元にすり寄るみーくんを凝視する私。みーくんはまるで人間がするように目を細めて笑った。そして、次の瞬間――ボンッ、という軽い爆発音と共に、みーくんが白い煙に包まれた。

突然のことに、私は反射的に目を閉じてしまう。

「昨夜の反応は照れ隠しだったのかな？」

また若い男の声が聞こえてきたので、私は瞼《まぶた》を開いた。そして、視界に飛びこんできた人物を目にして死ぬほど驚愕《きょうがく》する。

「あんた……！　昨日の夜の⁉」

そう、突如眼前に現れたのは、昨日不法侵入してきた和風イケメンだったのである。

「あんた、じゃないよ。みーくんさ。まあ、本当の名は常盤《ときわ》っていうんだけどね」

「とき……わ……？」

あまりにも理解不能なことが目の前で起こったためか、脳内がクエスチョンマークで埋め尽くされる。

えーと。さっきまでここにいたのは、私が昔よく一緒に遊んだ三毛猫のみーくん。うん、昔と少しも変わらない姿だったのは不思議だが、ここまではかろうじてＯＫだ。問題はない。

だがその後、みーくんがいきなり人間の言葉を話し、白煙と共に昨晩のやばい和風イケメンに変身した。

いや、もう意味がわからない。何もＯＫじゃない。問題しかない。

「私、まだ夢でも見てるのかな」

呆然としながら、橙色《だいだいいろ》のメッシュが入った黒髪の男性を眺める。

そんな私の呟きに、彼は首を横に振った。

「もう夢は終わったよ。夢の中で昔の僕と会ってくれたよね。あの頃は楽しかったよね」

「え……⁉　あんた、猫から人間に変身するだけじゃなくて、人の夢まで見れるの⁉」

彼――みーくんから変身した常盤と名乗る男は、得意げに微笑む。

「そりゃあ、化け猫の総大将だもん。人間の夢を覗くくらいわけのないことさ」

「化け猫、の総大将……」

普段の生活で縁がないような単語ばっかり常盤の口から出てきて、なんだか頭痛がしてきた。思わず私は頭を押さえて俯《うつむ》く。

「きっと疲れてるんだ……これが夢じゃないなら幻覚と幻聴……」

「だからー、そういうんじゃないってば。僕は正真正銘ここに存在するあやかしだよ。ちゃんと現実を受け止めてよ、茜」

「ちょっとキャパオーバーですね……」

もう耐えきれなくなり、私は縁側に腰を下ろす。そして膝の上に肘をついて、手のひらの上に額《ひたい》を乗せた。

「それもそっか。茜は普通の人間だもんね。あやかしのことなんて全く知らないから、驚いても仕方ないか。じゃあ、僕がゆっくり説明してあげるよ」

「はあ……」

これ以上、私の常識から外れたことを言われたら頭がパンクしてしまうんじゃないかと心配になった。しかし、反論する元気も逃げる気力もない私は、否応《いやおう》なく常盤の話を聞くことになってしまった。

要約すると、常盤の話はこんな内容だった。

十年ほど前。猫好きな大叔母の家の庭は、化け猫の常盤にとって非常に居心地がよく、毎日のように遊びに来ていたそうだ。

そこで常盤に懐《なつ》いたのが（私は彼の方が懐《なつ》いてきたと思うのだけど）、当時ここで暮らしていた十歳の私だったという。

そして私がここを離れる前日、互いに家族になる誓いを交わした。私が「みーくんと私は一生死ぬまで家族です」と宣言したあれのことだ。

それが、化け猫界の決まりにおいて、正しい婚姻の誓約とみなされたのだとか。だが、私がまだ結婚可能な年齢に達していなかったため、その時は仮の婚姻として成立したらしい。

だが昨日、二十歳《はたち》を迎えた私は、あやかしの法令で結婚可能な年齢となった。

そのため、満を持して常盤が私を迎えに来たのだという。

「僕もちょうど最近、化け猫の総大将になることができたんだよ。茜を迎えるに相応《ふさわ》しい男になっただろう？」

ふふんと、微笑みながら常盤が言う。

化け猫の総大将って、すごく偉い奴っぽくない？　もしかしてみーくん……じゃなかった、常盤ってすごいあやかしなのかも……って、何、納得しそうになっているんだ私は！

「いやいやいや！　確かに、私はみーくんと家族になろうって約束したけれど、それは家族であって夫婦じゃないから！」

「男女が家族になる、という約束を交わしたとしたら、それは夫婦になるという意味ではないかい？」

「だ、男女って……あの時の私に、そんなつもりあるわけないじゃない！　だいたい、みーくんのことはただの猫だと思ってたもの！」

「え？　でも、よく夫婦生活を予行演習してたじゃないか。僕はいつも茜の夫役だっただろう」

「あれは、ただのおままごとでしょ！」

確かにみーくんのことは大切に思っていたし、ずっと一緒にいたいと願ったのも鮮明に覚えている。

でも夫役を任せていたのは、猫の中で一番賢かったのがみーくんで、遊んでいて楽しかったからだ。他意はない。

家族に対する間違った認識とおままごとの配役で、結婚を決められては困る。

「と、とにかく！　私はそういうつもりじゃなかったの！　それに証拠もない口約束なんて、無効にしてください！」

「それは無理だよ。第一、証拠ならあるしね」

「え⁉」

常盤はその細い首に巻かれている、黒い革のチョーカーを指で触って回し始めた。するると、今までは背中側に回っていたらしいそれが現れる。

「化け猫の婚礼の儀式でもっとも大切なのはね、花嫁が自らの手で花婿に誓いの装身具を装着すること。茜《あかし》はあの日、僕に確かにその儀式をしたんだよ」

あの日、家族の証としてみーくんの首輪にくりつけた、ちゃちな手作りのビーズの指輪。常盤はそれを、あの日のまま首輪の留め具に引っかけていた。

「そ、そんなこと知らなかったんですけど！」

私は叫ぶように言う。

花嫁が花婿に誓いの装身具をつける、だって⁉　そんな化け猫の儀式、人間の私が知るわけないじゃない！

「知らなかったにもかかわらず、結婚の契《ちぎ》りとなる行動をしてしまうなんて……。もはやこれは運命だね」

「違います！」

しみじみと言う常盤に、私は早口で強く否定する。この人、なんだかすごくマイペースだし人の意見を聞こうとしない。話しているととても疲れる。

「それに、茜にもちゃんと婚礼の刻印があるじゃないか」

「え⁉」

「その右肩にある痣《あざ》だよ。それは化け猫と人間が結婚した時のみ、花嫁の体のどこかに現れる婚礼の刻印さ」

「婚礼の刻印⁉　この痣《あざ》ってそうだったのっ？」

いつもは服で隠れているけれど、自宅ではよくデコルテが開いた楽な服を着ていたから、今日は痣《あざ》が露《あら》わになっていたのだった。

生まれた時にはなかったこの痣《あざ》の成り立ちが、まさかこんな形で発覚するなんて。

つまり、今までの常盤の話をまとめると。

私と常盤は、十年前のあの日、図らずも結婚の誓いをしてしまった。そして私があやかしの世界の法令で結婚できる年齢となり、誓約に従い彼が迎えに来たということらしい。

常盤の主張が、意味不明、支離滅裂というわけではないことは、とりあえず理解した。頭のおかしい人ではないということも。

ただ、あやかしという、一日前の私にとっては信じられない存在ではあるけれど。

――だけど、だからって。

「いや、無理だから。そんなの。結婚とか本当に。いきなりだし。本気で無理」

頭の中で状況を整理して幾分か冷静になった私だったけれど、もちろんそんな話、受け入れられるわけがない。私は常盤を見ながら、はっきりと言う。

「そっか。誓約を忘れていた茜にとっては、唐突な話だったかもしれないな。ごめんよ、急に押しかける形になってしまって」

「え……？」

今まで私の言い分をのらりくらりとかわしていた常盤が、急にしおらしい態度になったので、拍子《ひょうし》抜けしてしまう。

な、なんだ。意外と話が通じるんじゃない？　よし、それじゃあこの結婚話はなかったことにしてもらって、さっさとお帰りいただこう。

と、思ったのは束の間だった。

「それなら、今日からここで一緒に暮らすことにしよう」

にこりと美しい笑みを浮かべて、常盤が言った。

「は……？」

なんで、どうしてそうなるのか。全く理解できず、唖然としてしまった私は、思わず間の抜けた声を出す。

「化け猫の総大将は、妻とひとつ屋根の下で暮らさないと、いろいろと厄介でね。最初はぎこちなくても、一緒に暮らしていくうちに夫婦らしくなっていくんじゃないかな？　ね、そうしようよ、茜」

名案だ、と言わんばかりに弾んだ声で常盤が言った。彼の超絶理論に私はしばしの間言葉を失い、まるで別の生き物（実際そうだけど）を見ているような気分になる。

「ななな、何言ってんのっ！『そうしようよ』じゃ、な……」

なんとか気を取り直し、常盤の提案を全力で拒絶しようとした……その時。

玄関でインターホンの鳴る音が聞こえた。今はまだ朝の七時頃。こんな早朝の来客に思うあてはなく、私は眉をひそめた。

しかし、このおかしな状況からの逃走を図るべく、私は常盤に何も言わず、バタバタと走って玄関に向かう。

「はーい！　どちら様ですか？」

そう言いながら、玄関の引き戸を開ける。この古い家にモニター付きのインターホンなんてあるはずもないから、来客はこうして直接対面しなければならない。

防犯上あまりよろしくないが、こんなド田舎《いなか》に危険人物が出没することなんてまずないから、特に問題はない。いや……なかった。昨日までは。

だけど、常盤のような珍客が、この短期間に再び現れるわけがない。大方、朝の早いご近所さんが回覧板でも回しに来たのだろう。

いつものように戸を開けた私だったが、玄関先に立っていた意外な人物に虚を突かれた。

「充……」

呆然としながら彼の名を呼ぶ。

彼――充は、私の恋人……いや、元恋人だった男だ。昨日のあの出来事より前は。

こんな最低な浮気男のことは、きれいさっぱり忘れようと思っていたが、さすがにいきなり眼前に現れたら、戸惑ってしまう。

「茜……昨日は、本当にごめん。本当に……あれは、その、一時《いちじ》の気の迷いだったんだよ」

「……………」

彼は目の下に色濃く隈《くま》を刻み、血色の悪い顔で言った。昨日の件を、そんなに後悔しているのだろうか。なんだか少し、様子がおかしいように見える。

「本当に申し訳なかったと思ってるよ。あの女に家にいきなり来られて迫られて……。ごめん、俺には茜だけなんだ！　茜しかいないんだ！」

血走った目でそう訴える彼からは、必死そうな印象を受けた。

――まあっ！　そんなにも私のことを愛しているのね。やっぱり、私の方がいいのね。こんなにも愛されているのなら、浮気のひとつやふたつくらい、許してあげないとね。

「……そんなお花畑みたいなこと、誰が考えるかっつーの。なめてんのか……」

俯《うつむ》いた私は、殺意を込めつつそう言った。頭上からは「茜……？」という、私の態度を不審に思ったらしい充の声が聞こえてくる。

私は顔を上げて、充をキッと睨《にら》みつけた。彼はその迫力に怯《ひる》んだようで、一歩後ずさった。

「そういうの、もういいから！　私とあんたは終わったの！　あの色っぽい彼女とよろしくやってなよっ。私はあんたのことなんて、大大大大大っ嫌いっ！」

「茜⁉」

「二度と私に顔を見せないで！」

そう言い捨てて、私は玄関の戸を勢いよく閉めた。

――しかし。

「茜……待てよ」

「……！」

戸は完全には閉められなかった。隙間に充が足を挟み込んだことによって。

戸を閉める手に力を込めたけれど、彼は挟んだ足をうまく使って家の中に体をねじ込んできた。そして、私の手首を掴《つか》んで、にやあと邪悪な笑みを浮かべる。

「俺から離れるなんて許さねえよ、茜」

「えっ、ちょ……離してよっ！」

手に力を込めて彼の拘束から逃れようとするも、相当強い力で握られているためか、びくともしなかった。

――なんだろう、様子がおかしい。

充はどちらかというと草食系男子である。いつも「茜の好きな方にしていいよ」とか「茜が決めていいよ」とか言って、あまり主張してくるタイプではなかった。だから昨日の、あの女性に迫られて流されたというのも、本当だろう。

そんな充が、こんな強引なことをしてくるなんて、信じられなかった。そうするほど私のことを手放したくない……という可能性もなくはないけど、この行動はあまりにも普段の彼とかけ離れている。

まるで、別人になってしまったかのような、何かよくないものに取り憑《つ》かれてしまったかのような、そんな印象を受けた。

「……絶対に逃がさないからな」

至近距離からギラギラした目で見つめられ、私は彼に対して初めて恐怖を抱いた。相変わらず手首はがっしりと掴《つか》まれていて、身動きが取れない上に、震えて声も出ない。

——何これ。誰か。誰か、助けてっ！

無意識に、私が助けを求めた時だった。

「人の妻をたぶらかそうとするとは。大層無礼な男だね」

聞こえてきたのは、のほほんとした常盤の声だった。家の奥からやってきた常盤は、私と充の傍《かたわ》らに腕組みをしながら立つ。

「なんだ、お前は」

突然現れた、充にとっては正体不明な男。充はドスの利いた声を上げて常盤を睨《にら》む。

「それはこっちのセリフだねえ。茜に触らないでくれるかな」

相変わらず間延びした声で言うと、常盤は私から充の手をあっさり振り払ってくれた。そんなに力を入れた様子はなかったというのに。

そして常盤は私の肩を抱いて、自分の方へと引き寄せる。温かな常盤の体温が伝わってきて、少し前まで恐怖に怯《おび》えていた私は、不覚にも安堵を覚えてしまった。

しかし私たちのその様子に、充は激高《げっこう》したようだった。

「妻⁉ おい茜！ どういうことだ！ お前も浮気してたのかよ！」

憤怒《ふんぬ》に駆られた面持ちで叫ぶ充。凄《すさ》まじいその形相《ぎょうそう》に、やはり様子がおかしいと改めて思った。

「浮気？ 違うな。どちらかというと、本命は僕で君に浮気してたってところか。僕と茜は結婚の契《ちぎ》りを交わしているからね。……茜、君は僕とのことを忘れていたみたいだから、彼との浮気については特別許してあげるよ」

「何訳のわからないことを……！ 殺すぞ！」

常盤の泰然《たいぜん》とした態度に、充は我を失ってしまったようだった。地を蹴り、常盤に飛び掛かってくる。

危ない。やられる！

反射的に目を閉じた直後、大きな衝撃音が響いた。一瞬、常盤が充に殴られてしまったのかと思ったけれど、常盤に肩を抱かれている私は何も衝撃を感じていない。それに、音はもう少し離れたところから聞こえた。

恐る恐る瞼《まぶた》を開くと――

「え……どういうこと⁉」

目を閉じる前まで眼前にいたはずの充が、そこにはなかった。一体彼はどこに行ったのだろうと辺りを見回して、私は驚愕《きょうがく》する。

充は玄関と門を通り越して、家の前の歩道に備え付けられたガードレールに、背中をもたれかけていた。つまり私が目を閉じた一瞬の間に、十メートルくらい移動したことになる。

「あまり人間相手に化け猫の力は使いたくないんだがね。緊急事態だったから、やむを得なかった」

驚く私の頭上で、のんびりと常盤が言う。

え、ってことは、常盤が化け猫の力で、充をあそこまで吹っ飛ばしたっていうこ

と⁉

「う……」

充は呻《うめ》き声を上げながら、なんとか立ち上がる。かなりの衝撃だったのだろう、背中を丸めて顔を歪《ゆが》めている様は、とても痛々しい。

「まだ向かってくるかい？　次は容赦しないけれど」

そんな充に追い打ちをかけるように常盤が言う。口調こそ変わらず穏やかだったが、有無《うむ》を言わせない強さを感じた。

充は口惜しそうに私たちを睨《にら》むと、背中を手で押さえながら、逃げるように去っていった。

「いやあ、我が妻はやはり魅力的なんだな。あんな風に男に求愛されるとはね。だけど、次からは気をつけるんだよ」

私の肩を抱き寄せながら、常盤が満足げに言った。怒涛《どとう》の展開についていけず、されるままになっていた私だったが、その一言に慌てて彼の腕の中から脱出する。

「た、助けてくれたことにはお礼を言うよ。ありがとう」

妻だのなんだのということには、もちろん納得していなかったけれど、常軌《じょうき》を逸《いっ》した様子の充から、ひとりで逃げることはできなかったと思う。常盤の存在は、素直にありがたかった。

「茜は愛する妻だからね。当然のことをしたまでだよ」

「…………」

本当に当然のように常盤が言う。助けてもらった手前、さっきまでのように全力で彼を否定することは気が引けた。

それに、昔この場所で一緒に過ごした猫のみーくんが、私にとって心の拠《よ》りどころであり、家族であり、特別な存在だったのは事実だ。

ある意味、あの時交わした「家族になろう」という約束を、常盤は忠実に守ってくれているだけなのだろう。

でも、だからといって、このまま常盤との結婚やら同棲やらを受け入れることは、もちろんできない。

「あのね、常盤」

「なんだい？　かわいい茜」

「いろいろあって疲れちゃったから、今日はひとりにしてくれないかな。これから大学に行かなきゃいけないし。だから一度帰ってもらってもいい？」

断固拒否の姿勢を取っても、のらりくらりとかわされるだけなので、もっともらしいことを言って、とりあえずお引き取りいただく作戦に出た。

すると常盤は、緩く笑ったまま答えた。

「なんだ、そうだったのかい。それなら仕方がないね」

あっさりと私の言葉を受け入れてくれた彼に、内心ガッツポーズを取る。

——だが。

「それなら、別室でおとなしく待つことにするよ。僕が使っていい部屋はどこかな？」

「は……？」

「だから言っただろう。僕たちはひとつ屋根の下で暮らさなければいけないって。だから帰ることはできない。でも茜がひとりになりたいと言うなら、僕は別の部屋にいるからね」

彼なりの譲歩だったのかもしれない。本当はもっと側にいなければならないけれど、そういう事情なら特別に別室にいよう、とでも言いたげな、いかにも理解のある優しそうな顔をして言う。

——やっぱり全然わかってない。

「あんたの使う部屋なんてないわー！」

「え？　この家は、昔見た時は茜ひとりでは使いきれないくらいの部屋数があったと思うけど」

「部屋は余ってるけど、あんたに使わせる部屋なんてないって言ってんの！　一日帰れって言ってんでしょうが！」

声を荒らげて言うと、常盤は楽しそうに笑った。

「新婚早々激しいね。初の夫婦喧嘩記念日と思えば悪くないな。じゃあ茜が落ち着くまで、蔵の方にいることにしよう」

いろいろな前提が間違っている上に、結局帰らないらしい。だが、もう反論する気力がなかった。

同じ敷地内とはいえ、別の建物にいるというのなら良しとしようか……。あまりに話が通じなさすぎて、常盤に対するハードルが下がってきている気がする。

我ながらまずいとわかってはいるが、精神の疲労が著《いちじる》しくて、頑張る気になれなかった。

「それじゃあ大学から帰ってくるのを待っているよ、茜」

ご機嫌な様子でそう言うと、私の返事も待たずに常盤は玄関に背を向けて歩き出した。蔵の方へと向かったのだろう。

――私に、こいつを納得させて家から追い出すことなんてできるのかな。

手強《てごわ》すぎる常盤に、気力を削《そ》がれた私は、残った力を振り絞って身支度を整え、現実逃避をするように大学へ向かったのだった。

＊　＊　＊

大学の授業を終えた昼下がり。いつも通り路線バスに乗った私は、その振動に身を任せていた。

いつもならば、のどかな景色を眺めながらの帰り道は、安らぎを覚えるものだったけれど、今日は大層気が重かった。

帰ったらあいつがいるんだよなあ……

人の意見を全く聞かない猫のあやかしと、また不毛な言い争いをしなきゃいけないと思うと、憂鬱《ゆううつ》でしかない。

しかし、大学の授業中に冷静に考えてみたのだが、あやかしということをひとまず脇に置いておくと、常盤の主張はあながち見当違いでもないのだ。

確かに私は、十歳の時みーくんと家族になろうと約束した。心から懇願して、手作りの指輪を渡した。

その誓いを常盤は忠実に守っているだけなのだ。それも、わざわざ私が結婚できる年齢になるまで、待って。

そう考えると、一方的に約束を反故《ほご》にしようとしているのは私の方である。

常盤の立場になって考えると、自分の方が悪いことをしている気持ちになった。

――いや、だからって、いきなり結婚だなんて。そもそもあやかしと人間って結婚できるの？　戸籍とかどうなるわけ？

あやかしなんて、にわかには信じられない存在だ。正直私にとっても、あやかしは漫画や小説といったフィクションの中の登場人物でしかなかった。

そんな存在と、いきなり結婚だのひとつ屋根の下で暮らすだの、受け入れられるわけがないではないか。

バスから降りて、少しだけ歩き、自宅の前に辿《たど》り着く。恐る恐る木製の古びた門を開けた。いきなり常盤が「お帰り、愛する妻よ」なんて言って出迎えてくるんじゃないかと覚悟していたが、母屋《おもや》や蔵、庭を一通り見回しても彼の姿は見当たらない。

――もしかして、帰ってくれたとか⁉

いや、こっちの話を全然聞き入れてくれてなかったし、期待しない方がいいかもしれない。

暗澹《あんたん》たる気持ちでそんなことを考えながら、母屋《おもや》の引き戸を開けて中に入ったら――

「――!?」

いきなり誰かに羽交い締めにされて、口を塞がれた。そして耳元で「金目の物はどこだ」と、低く囁《ささや》かれる。

な、何!? まさか強盗!?

この近辺では、数十年間、犯罪の類《たぐい》はないって町会長さんが言っていたのに！

今朝の充の来襲といい、なんで今日はこんな物騒な目に遭ってばっかりなの!?

私は強盗の拘束から逃れようと思い切り身をよじったが、やはり女の力ではびくともしなかった。悲鳴を上げようにも、口を強く塞がれていて「んー！　んー！」というくぐもった声しか出てこない。

「大声を出すんじゃねえ。金の在《あ》りかだけ言え。暴れたら刺すぞ」

いつの間に取り出したのか、強盗が私の鼻先に小型のナイフをちらつかせる。

いや、ドラマとかでよくあるけど、お金を渡しても、証拠隠滅のために殺されるとか、定番だよね？

そう考えると、この状況はもう詰んでいるのでは。

——誰か。誰か助けて！　と、常盤っ！

と、私が強く願った時だった。

急に私を押さえつける強盗の力が弱まった。かと思ったら、どすんという音が聞こえてくる。恐る恐る振り返ると、ナイフを手にした目出し帽姿の男が、床に倒れていた。それも、規則正しくお腹を上下させて。

——え、眠っているの？　なんでいきなり？

とりあえずは危機を脱したらしいことに安心しつつも、訳のわからない状況に困惑していると、静かな声が聞こえてきた。

「常盤様がおっしゃっていた通りだ。あなたの帰りを待っていてよかったです」

そう言いながら母屋《おもや》の奥から出てきたのは、見知らぬ成人男性と、彼と手を繋いだ小学校低学年くらいの女の子だった。

目の細い淡白な顔立ちだが、全体のバランスはよく、いわゆる塩顔イケメンと称される顔だろう。漆黒の浴衣《ゆかた》をさらりと纏《まと》い、髪の色は驚くことに白だ。けれど、不自然な印象はなく、色素の薄い彼にはよく似合っていた。

女の子の方は、大きな黒目がちの瞳と、小さな鼻と口をした、お人形みたいな掛け値なしの美少女だった。腰まで伸ばした細く柔らかそうな髪は、ストンと地に引っ張られるようにまっすぐ落ちている。茶色がかかった髪と、赤い着物のコントラストが鮮やかだ。

和服姿の、どこか神秘的な美形のふたり組。

私は一瞬で、彼らが人間ではないと察する。

「あなた方は、常盤の関係者ですか？」

とても丁寧な口調の男性に、常盤より話が通じそうな印象を持った私は、敬語で尋ねた。

彼はこくりと頷く。

「さようでございます、茜様。恐れ入りますが、私どもの説明は後ほどさせていただくとして。危険ですので、まずは彼にお帰り願いましょう」

男性がそう言うと、床で眠っていた強盗が目を覚まし、ふらふらと起き上がった。

とっさに警戒した私だったけれど、目出し帽の隙間から見えた男の瞳は、虚《うつ》ろで焦点が合っていない。どうやらまだ意識はないようだった。

強盗はそのまま覚束《おぼつか》ない足取りで歩き始め、玄関を抜け門から出て行った。

「ちょっと操らせていただきました。邪気も抜いておいたので、もうここへ来ることはないでしょう」

「へ、へえ……」

あやかしってそんなこともできるのか。そういえばこの人、「常盤様」って言っていたけど、常盤ってもっとすごいことができるのかな？

なんて、ぼんやり考えていた。そう、ごく自然に。

短い間に、あやかしという存在やその摩訶《まか》不思議な力を、何度も見せつけられたせいだろう。私は段々と、非現実的な彼らに慣れつつあったのだ。

＊＊＊

あの後、私は常盤の関係者らしいふたりを、あまり使っていない客間に通した。

私を強盗から救ってくれたし、物腰もとても丁寧なので、ちゃんと客人として扱わなければと思ったのだ。……誰かとは違って。

古びた座卓の上に、急須で淹れた緑茶を出すと、「茜様にこのようなお気遣いをしていただき、恐悦《きょうえつ》至極《しごく》に存じます」と大層にありがたがられた。お姫様に向けられるような言葉遣いに、私の方が恐縮してしまった。

人形のような少女はお茶には無反応で、男性の着物の裾《すそ》を握りしめている。男性の方は、私がひと口飲んでから「どうぞ」と告げると、やっとお茶に手をつけてくれた。

そうして、一口飲んだ湯飲みを座卓に置いた彼は、きりりとした面持ちで私をまっすぐ見つめ、こう言った。

「改めまして、茜様。私は幼い頃から常盤様のお世話をしている、付き人の浅葱《あさぎ》と申します。隣にいるのが、私の妹の伽羅《きゃら》です」

「常盤の付き人……」

ちらりと伽羅ちゃんに目を向けると、警戒したような目つきで私を見ていた。目が合ったのでにこりと微笑んでみたが、浅葱さんの背中に隠れてしまう。どうやら人見知りをする子のようだ。

「茜様をお守りするよう言いつかりまして、家の中でお待ちしておりました。本来なら、これは夫である常盤様の役目ですが、茜様に入るなと言われたからと、代わりに私を遣わされたのです。家主の茜様の許可なく家に入るのは気が引けたのですが、危険を回避するためだったのでご容赦いただければ幸いでございます」

「……なるほど」

常盤は、律義にも「あんたの使う部屋なんてないわ！」って言った私の言葉を守っていたらしい。変なところで真面目な奴である。

「また、常盤様は先ほどまで蔵の方で茜様のお帰りをお待ちしていらっしゃいましたが、所用ができたためお出かけになっています。もうじきお帰りになるはずですが」

だから蔵の中にも常盤はいなかったというわけか。

しかし、浅葱さんは常盤よりも話が通じそうだ。浅葱さんと話せば、私の置かれている現状がより客観的に把握できそうな気がした。

それに、ひょっとしたら結婚や同居を解消する方法を相談できるかもしれない。

「あの、私を守るためって言ってましたけど、どういうことですか？　確かにさっきは助けていただきましたけど、あんなこと、滅多にないと思うんですが……」

「いいえ、茜様」

間髪《かんはつ》を容《い》れずにそう返ってきたので、私は言葉に詰まった。

「化け猫の総大将の妻は、その地位のため他のあやかしから狙われやすくなるのです」

「どういうことですか……？」

「……常盤様には、茜様が気にするから言うなと口止めされているのですが。総大将の妻なら、本来知っておくべきことなので、ご説明致します」

少し遠慮がちに話し出した浅葱さんの説明は、こんな内容だった。

化け猫の総大将であり続けるためには、さまざまな条件があるそうだが、もっとも重要なのは妻がいること。なんでも、家族を大切にできない者が他の化け猫たちの長《おさ》など務まらないという、わりと理にかなった理由かららしい。

今までは、私があやかしの法令上妻として認められる年齢ではなかったため、その条件については見逃されていたらしい。しかし私が二十歳《はたち》となったことで、正式に常盤の妻として認められたそうだ。

そして総大将の妻は、化け猫たちと敵対する他のあやかしや、総大将の座を狙う化け猫の手下なんかに、狙われることが多いんだとか。

つまり私は、昨日二十歳《はたち》の誕生日を迎えたタイミングで、あやかし界で常盤の正式な妻として認識された。それと同時に、あやかしからも狙われるようになった、ということのようだ。

「先ほどの男にも、妖気を感じました。きっと常盤様をよく思わないあやかしが取り憑《つ》いていたのでしょう」

浅葱さんの言葉を聞いて、ふと今朝のことを思い出した。ひょっとすると、充にもあやかしが取り憑《つ》いていたのかもしれない。普段とは様子が全然違っていたから。

「常盤様は、元々は総大将の正当な後継者ではありませんでした。しかし努力に努力を重ねて、総大将に相応《ふさわ》しいと化け猫たちから認められるまでになった方なのです。お優しい方ですし、私も総大将は常盤様しかいらっしゃらないと思っています。……茜様には、どうか奥方として常盤様を支えていただきたく……」

そこまで言うと、浅葱さんは深々と私に頭を下げた。このままでは土下座でもしそうな勢いだったので、「ちょ、ちょっと！　頭を上げてくださいよ！」と慌てて言い、顔を上げてもらう。

ここまで丁寧に頭を下げられると、自分の方が悪いことをしている気がしてくる。常盤の時みたいに、「無理」とか「出て行け」なんて、言える雰囲気ではなかった。

――だけどなぁ。

やっぱりいきなり会ったばかりの人と、しかもあやかしとの結婚なんて、承諾できるはずなんてない。

私が何も言えずに困っていた時、客間の襖《ふすま》を開けて常盤が顔を出した。

「また変な輩《やから》に襲われたらしいね？　だから同じ屋根の下で暮らさなければならないと言ったのだよ。僕と共にいれば、茜には僕の妖気が移る。それが保護壁となって、邪悪なものから茜が見つかりづらくなるんだ」

どうやら開けっ放しにしていた玄関から入って来たらしい。すでにさっきの出来事について把握している様子の常盤が、したり顔でそう言ってきた。

「じゃ、じゃあ……。私はあんたの近くにいないと、さっきみたいに襲われ続けるってこと……？」

恐る恐る尋ねた私に、常盤はにこにこと満面の笑みを浮かべて頷いた。

「使い魔程度でよかったねえ。大学とやらに行っている間は、僕の妖気が茜に残っていたから、守られていたみたいだけど。もっと強いあやかしが狙って来たら、茜なんて瞬殺だよ？」

「しゅ、瞬殺……」

常盤は、とんでもないことをにこやかに言ってくる。対照的に、私は奈落の底に落とされたような気分になった。

契《ちぎ》りを結んだ事実がある限り、私は常盤の妻として、常に命の危険にさらされている状況らしい。

――非常にまずいではないか。だって、ということは。

「本当に結婚しなきゃいけなくなるってことじゃないのー！」

泣きそうになりながら絶叫する。浅葱さんは困ったような顔をし、常盤は笑みを崩さない。伽羅ちゃんはいきなり叫んだ私をとんでもないものを見るような目つきで見ていた。

「だから昨日からそう言っているじゃないか」

「いきなりそんなこと言われても困るんだってば！」

「けど、僕と一緒にいないと茜は死んじゃうよ？」

「知らないし！　どうにかしてよ！　総大将だったら、結婚のシステムを変えたりできるでしょ！」

「はあ、僕の妻は無茶ばかり言う。仕方のない子だねえ、茜は」

ポンポン、と私の頭を撫でるように叩きながら、まるで子供をあやすような口ぶりで常盤が言う。

こ、こいつ……なんで私の方がわがままを言っているみたいになってるんだ！

総大将でいるためには妻が必要だが、その妻は立場的に他のあやかしに狙われるって……！　そんなのなった損じゃないか！

本当なら結婚って、どんな困難にも負けないほど愛し合っている人同士がするものなのに。やっぱりこの結婚は、なし！　無効！　なかったことに……

「――ん？」

ここで私はあることに気づく。結婚をなかったことにする。あるではないか。そんな素晴らしいシステムが。きちんと人間社会には存在している。

常盤や浅葱さん、伽羅ちゃんを見ていると、化け猫も人間とたいして変わらない文化を持っているように思える。

だったらきっと、あやかしの世界にもそのシステムがあるはずだ。

「離婚！　離婚したいです！　私、常盤と離婚します！」

私は高らかに宣言した。

総大将の妻でいるとあやかしに狙われるというなら、離婚してその立場を手放せば狙われなくなるはず。

はっとした顔をする浅葱さんに対し、常盤は笑みを浮かべたままだ。伽羅ちゃんは、会話に飽きたのか、客間の飾り棚に置いた空《から》の金魚鉢を眺めている。

「まあ、できなくはないですが」

「できるんですね⁉」

浅葱さんの言葉を聞いた私は、彼に詰め寄って確認した。

やった！　離婚、可能なんだ！「総大将との離婚は不可能です」なんて言われたらどうしようかと思ったが、やはりあやかしにも人間と共通のシステムがあったようだ。

一気に心が晴れやかになる私だったが、浅葱さんは浮かない顔をしている。

「しかし、私はおふたりにはご結婚していていただきたく……」

「ごめんなさい浅葱さん。私には突然のことすぎて、化け猫の総大将の妻なんて受け入れられないんです」

浅葱さんの顔を見ると心がちくりと痛んだが、自分の命には代えられない。私はきっぱりと拒否する意思を伝えた。

──すると。

「茜」

今まで黙っていた常盤が、私に近寄りじっと見つめてきた。相変わらず何を考えているかわからない笑みが、なんだか怖い。しかし切れ長の新緑色の瞳は、悔しいけれど美しかった。顔だけならドンピシャの好みだったのに。

「離婚は許さないよ」とか「僕は認めないよ」とか言われるんじゃないか、と身構える。そういえば、人間の世界でも離婚って双方の合意がなければできないんだっけ？　裁判になるケースもあると聞いたことがある。私たちの場合はどうなるんだろう。なんてことを思っていたのだけれど。

「そういう冗談は、あまり感心しないね。テレビドラマや小説でよくある、夫婦の駆け引きかい？　だったら僕は『やめてくれ！　愛しているのはお前だけなんだ』なんて言葉を期待されているのかな？　そんなことをしなくても、僕ならいつでも言ってあげるよ」

「常盤はちょっと黙っていてください」

この期《ご》に及んで独自の理論をかましてくる常盤を、私は半眼で睨《にら》みつけた。

「やれやれ。我が妻はご機嫌斜めだなあ」

そう言って、常盤は楽しそうに口をつぐんだ。

こいつのことはもう放っておくことにしよう。とにかく今は、離婚だ離婚！

「浅葱さん！　それで離婚するにはどうすればいいんですか⁉　人間みたいに役所で手続きですか？」

「いいえ。あやかしの結婚は、妖力によって互いに結びついているので、その結びつきを妖力で解放するのです。茜様の場合は、肩の刻印を妖力のある者が消去すれば、離縁成立となります」

「妖力のある者……。その人ってどこにいるんですか？」

「私にも可能ですよ。ほんの数秒で終わります」

「数秒！　それじゃあ早くやっちゃってください！」

思いのほかすぐに解決しそうで、ひと安心だ。だが喜ぶのは、離婚がちゃんと成立してからにしよう。

常盤は諦めたのかどうか知らないが、伽羅ちゃんと並んで空《から》の金魚鉢を眺めながら「何もいないみたいだね」なんてことを、のほほんと話している。

「……本当に離婚してよろしいのですね、茜様」

「よろしいです。よろしいことしかありません」

「私としては残念ですが……。そこまでおっしゃられるなら仕方がありません」

そう言うと、浅葱さんは私の右肩に手のひらをかざした。そして、私にはよくわからない呪文のようなものを唱え始める。すぐに、彼の手のひらが淡い光で包まれ、私の肩の痣《あざ》も同じように光りだした。

これで離婚できるなんて、人間より便利かもしれない。

変なことに感心しつつ、ようやく昨日から続く騒動から解放されると思った私は、心の底から安堵した。

――これで、おかしな日常ともおさらばだー！

心の中で喜びの雄叫びを上げる私だったが……

「おや……？」

肩の痣《あざ》に手のひらをかざしていた浅葱さんから、不穏な声が漏れた。その直後、彼の手のひらから光が消えて、浅葱さんが手を下ろした。

肩の痣《あざ》は、まだくっきりと残ったままだ。先ほどと全然変わっていない。

「これは……ただの婚礼の刻印ではありませんね。呪いのようなものがかかっています」

「浅葱さん？」

「呪い……？」

「はい。私の力では、この刻印を消すことはできません」

――え？　と、いうことは。

「な、それって！　離婚はできないってことですか⁉」

詰め寄る私に、浅葱さんは気まずそうに頷いた。

「ええ……。申し訳ありません、茜様。私の力が及ばず……」

私は、深々と頭を下げる浅葱さんを見つめる。彼は私と常盤の結婚を推奨していたから、離婚させないために嘘をついているのではないか。そんな考えが、ちらりと頭をよぎる。

だが、浅葱さんの紳士的で丁寧な態度を見る限り、そんな嘘をつくタイプには見えなかった。第一、それなら最初から離婚が可能だと言わないだろう。

つまり、本当に離婚ができないということだ。

「ど、どうしてですか⁉　何故呪いなんかが！」

「契《ちぎ》りを交わした際に、何か強い願掛けがなされているようです。──おそらく、幼い茜様が、常盤様とずっと家族でいたい、一生離れたくない、と必死に願われたのではないでしょうか？」

「そっ……」

そんなことしてません！　と勢いで口にしそうになったが、一瞬で昔のことを思い出した私は、その言葉を引っ込める。

──お母さんともお父さんとも、大叔母さんとも一緒にいられなくなった私。もう私の家族はみーくんだけ。

十年前の自分の感情が、昨日のことのように蘇《よみがえ》ってきた。

「あー……願いました。確かに私がそう思いました……。もう、私の馬鹿……」

私は座卓に突っ伏して、泣きそうになりながら声を絞り出す。

痣《あざ》に呪いをかけて、離婚できなくさせていたのが昔の自分だったなんて。

なんてことだ。

「しかし、強く思っただけで、ここまで強力な呪いがかかるのは珍しいですね……。何か別の要因もあるのかもしれません。ちょっと私にはわかりかねますが」

「そ、そんな……」

絶望的な気持ちになっていると、後ろから肩をトントンと叩かれた。気力が無くて首だけ動かすと、傍《かたわ》らに勝ち誇った顔をした常盤がいた。

「茜、そんなに心配しなくても大丈夫さ。今は突然のことで戸惑っているようだけど、すぐに僕との愛を育《はぐく》むことに前向きになるはずだからね。だって、昔愛し合った仲なんだから」

「……はい？」

「それで、今日から僕はどの部屋を使えばいいのかな？　茜と同じ部屋でいいのかい？　浅葱と伽羅も泊めてくれると助かるんだが」

常盤の変わらない態度に、私は確信した。

こいつ、私が離婚できないことを知っていたんだ。だから浅葱さんが刻印を消そうとした時も、平然としていたのに違いない。

さらに常盤は、離婚を宣言した私の態度を、ただの照れ隠し、あるいは一時的な戸惑いみたいなものだと本気で思っているらしい。

幼い頃の私が、みーくんを心から慕っていたことを、彼は知っている。あの頃の仲の良さを恋愛感情に置き換えたとしたら、常盤のこの態度もおかしくはないのかもしれない。

――いや、でもね。だけど。

本当にみーくんに恋愛感情は、ひとかけらもなかったのだ。

「…………廊下をまっすぐ行って突き当たり右の部屋。広いから、浅葱さんと伽羅ちゃんと一緒に使って。布団は押し入れに入ってる。他の部屋は、居間と台所、トイレ、浴室以外は立ち入り禁止」

弱々しい声で私が言うと「茜とは別室か。まあまだ照れ臭いのかな。仕方ない、気長に待つことにしようか」と、常盤がいつもの調子で言う。

「茜様、私どもまで申し訳ありません」

「いいんです……。もう、どうでもいいです……」

離婚はできない。その上一緒に住まないと、命を狙われるという状況。

そんな立場に置かれた私は、本当にもう何をどうしていいか考えられなかった。それでも、命を手放す気はもちろんないので、とりあえず常盤がこの家にいることを認めることにした。

「よくわからないけど、今日はこの家に泊まるのね」

　今までずっと黙っていた伽羅ちゃんが、つまらなそうにそう言った。少女らしい、高くてキュートな声だった。

　最初は少し緊張していたようだったが、私たちがいろいろ話している間に、この環境に慣れたのだろう。

　それにしても、彼女はさっきからずっと空《から》の金魚鉢を眺めていた。もしかして、金魚が好きなのかな。

「金魚鉢が気になるの？　ごめんね、今は何も飼っていなくて。でも、外の池には、たくさん金魚がいるよ」

　私がそう言うと、今までつまらなそうな顔をしていた伽羅ちゃんの瞳が、みるみるうちに輝いていった。

「金魚がいるの⁉　見たい！」

　私に笑みを見せて、弾んだ声で言う伽羅ちゃん。ちょっと前まで絶望感に打ちひしがれていた私の心に、彼女の純粋な笑顔は安らぎを与えてくれた。

　しかし、すぐに伽羅ちゃんは、はっとしたような顔をして顔をしかめた。突然の変化に私が困惑していると、彼女は私にあっかんべーをしてくる。

「べーだ！　常盤お兄ちゃんのお嫁さんが人間なんてやだ！」

そう言うと、伽羅ちゃんは部屋から出て行ってしまった。玄関の方で物音がしたので、どうやら庭へ出て行ったらしい。

「え、嫌われてるのかな、私」

まだ会ったばっかりで、伽羅ちゃんに嫌われるようなことは何もしていないはずだが。縁側越しに庭の方を見ると、池の中をじっと眺めている伽羅ちゃんがいた。

そんな私に、浅葱さんが頭を下げながら言った。

「茜様、申し訳ありません。妹が無礼を」

「いえ、大丈夫ですけど」

「あの子は訳あって人間が嫌いでして。どうかお許しください」

人間が嫌いか……。あやかしのことはよく知らないけれど、人間だって人に対して好き嫌いはある。きっと、あやかしにもいろいろあるのだろう。

「小さい子の言っていることですし、私は別に気にしませんよ」

「さすが。我が愛する妻は心が広いね」

うんうんと頷きながら、満足げな様子で常盤が言った。

いちいちイライラするなあもう。

「あのですね。早くさっき説明した部屋に行ってくださらないかしら？」

私は嫌味をたっぷりと込めてわざと丁寧に常盤に言う。すると常盤は、神妙な面持ちになった。

「茜、ひとつ相談なんだがね」

「何？」

「やはり、夫婦なのだから寝室は一緒でないとおかしいと思うのだよ。なに、恥ずかしいのなら、布団は別でいいよ。そのうち、ふたりで一緒に眠れる大きめの布団を一式買うからね」

「………………」

――この人は。この人って。こいつって。

「あーもうっ！　さっさと部屋に行ってくださいっ！　私たちは今、離婚調停中なの！　だから寝室が別なのは当然なんです！」

常盤の言動に苛立ちがピークに達した私は、大声で叫んだ。

本当にどうしてこんなことが言えるのだろう。っていうか、今までの話聞いてましたか？

私はあなたと離婚がしたくてしたくてたまらないんだってば！

しかし、私のそんな思いはまるで届いていないみたいで、常盤は私を愛おしそうに見つめながら言った。

「昔と違って随分激しい性格になったね。まあ、そんな気の強い茜も嫌いではないよ。浅葱、それでは部屋の準備を頼む」

「かしこまりました、常盤様」

客間を出て行った常盤の後に、浅葱さんが続く。

ふたりの姿が視界から消えた瞬間、どっと疲労が押し寄せてきた。私はその場にへたり込んでしまう。

――これから私、一体どうなってしまうんだろう。

どうやら化け猫の妻になってしまったらしい私は、しばらく途方に暮れるのだった。

＊＊＊

今日はせっかくの休日だというのに、常盤という非常識なあやかしのせいで、昨日は全然眠れなかった。

疲れは全く取れていないが、このまま横になっていても眠れる気がしない。だから私は、池の金魚へ餌《えさ》やりをするために、寝室から廊下に出た。

常盤や浅葱さんたちがいる部屋からは、物音ひとつ聞こえてこない。まだ眠っているのだろうか。

結局一晩中起きていた私だったが、夜中に常盤が私の寝室へちょっかいを出しに来ることはなかった。

結婚以外のことに関しては、わりとこちらの言うことを聞いてくれるんだよね。

もちろん、だからといって、このまま結婚を受け入れる気はさらさらないけれど。

玄関の飾り棚の端に置いてあった金魚の餌《えさ》を手に取り、庭へと出た。

庭の池には、大叔母さんが存命だった頃からたくさんの金魚が放たれている。庭には猫もたくさんいたが、金魚を保護するための網を池の上に張っていたため、金魚が猫に襲われたことは一度もない。

池の水質を管理するろ過装置も設置されているが、私にはよくわからない。大叔母さんの頃から懇意にしているホームセンターで働いている近所のおじさんが、今も親切で管理をしてくれているのだ。

だから私が金魚のためにやることといえば、こうして毎日餌《えさ》をあげるだけでよかった。

たくさんの金魚たちが、池の中を鮮やかに彩《いろど》っている光景は、いつ見ても心を和《なご》ませてくれる。

特に今は、誰かさんのせいで精神がえぐり取られているから、いつも以上に金魚に癒《いや》されたいと思ってしまう。

なんてことを考えながら、重い体を引きずって池へと歩いた。

しかし、元気な金魚の姿を想像していた私は、目の前の池の惨状に思わず絶叫するのだった。

「何これ――!?」

たくさんの金魚たちが、水面に浮いて口をパクパクと動かしている。池の中にいる金魚も、いつもより格段に動きが鈍い。

そりゃ、生き物なのだから、たまには死んだ金魚が浮いていることはあった。しかし、こんなに多くの金魚が一度に弱っている光景を見たのは初めてだった。

どうして!? 昨日までは元気だったのに……動物にやられたのかな!? それとも、池に何か異物でも入った!?

「どうしたんだい？」

いろいろな可能性を考えて立ち尽くしていると、母屋《おもや》から出てきた常盤に声をかけられた。

振り返ると、早朝だというのにキラキラとした完璧な美男子がそこにいる。私は寝巻用のスウェットにすっぴん、髪もボサボサだというのに。

あまり関わりたくない相手だけれど、予想外の惨状に動揺していた私は、彼の登場に安堵した。

「き、金魚が。昨日は元気だったのに……」

私と並んで池の様子を見た常盤が、顎《あご》に手を当てて呟く。

「ふむ……不可解だな」

「大叔母さんが生きていた頃からずっと池にいる金魚たちなのに……。このまま、みんな死んじゃうのかな？」

金魚たちは、弱ってはいるけれど、死んでいる子はまだいないようだった。しかし、この様子だと時間の問題のような気がする。

この家に住むようになってから、欠かさず餌《えさ》をあげていた金魚たちの弱った姿に、私は泣きそうになってしまう。

すると常盤が私の肩をポン、と優しく叩いた。

「大丈夫だよ、茜」

穏やかな口調で、そう言われる。常盤の優しい眼差しと声に、不安がすっと溶けた気がした。

常盤は、池に向かって瞳を閉じ、何やら呪文らしきものを唱え始める。それは、昨日浅葱さんが離婚の儀式の時に唱えていたものと、よく似ている気がした。

その数秒後、私の見ている前で、池が淡い緑色の光に包まれる。そして水面で口をパクパクさせていた金魚たちが、さっと身を起こしたかと思うと、スイスイ元気に泳ぎ出した。軽快な動きで池を泳ぐ様は、いつもより元気に見えるくらいだ。

「すごい……」

あっという間の出来事に、私は思わず感嘆の声を上げてしまう。

すると常盤が、池の金魚を眺めながら言った。

「治療の術をかけてみたよ。みんな弱ってはいたけれど、命を落とした子はいなかったみたいだね。間に合ってよかった」

治療の術……！　化け猫の総大将って、そんなこともできるんだ。

再会してから拒絶しかしていないのに、私の金魚を助けてくれた。結婚のことは困っているけれど、常盤はきっと悪い人ではないのだろう。

浅葱さんも「常盤様は心のお優しい方」って言っていたし。

「あ……」

お礼を言おうと常盤を見て口を開いた私だったが、いつも悪態ばかりついている相手に、素直にお礼は言いづらかった。

「常盤様！　茜様！　何かございましたか⁉」

私が言い淀《よど》んでいると、母屋《おもや》から血相を変えた浅葱さんが駆け寄ってきた。

「台所をお借りして朝餉《あさげ》の支度をしていたところ、常盤様の妖力を感じまして……。また何かあったのかと」

「え！　浅葱さん、朝ご飯の支度をしてくれたんですか⁉」

そういえば、この人たちの食事について全く考えていなかった。

冷蔵庫の中は、調味料以外に卵と豆腐と納豆くらいしか入っていなかったはず。戸棚にも、お米とお菓子がちょっとあっただけだったと思うけど。

四人分、材料は足りるかな？　そもそもあやかしって人間と同じ物を食べるんだろうか。

「ええ、簡単ですがご用意させていただきました。それよりも、一体ここで何が？」

「ああ、金魚たちが弱っていたのだが、僕が治療の術を施《ほどこ》したのでもう大丈夫さ」

慌てた様子の浅葱さんに、常盤が落ち着いた声で答える。それを聞いた浅葱さんは、さっと表情を曇らせた。

「申し訳ありません。それは恐らく伽羅の仕業《しわざ》です」

「え⁉　どういうことですか？」

まさかの名前が出てきて驚く私だったが、昨日伽羅ちゃんが空《から》の金魚鉢を気にしたり、池の金魚をじっと見ていたことを思い出す。

だけど、金魚を傷つけたいって感じではなかったと思う。

「実は伽羅は、化け猫の中でもとても力が強く、将来を有望視されるほどの才能を持っているのです。兄としては自慢の妹なのですが……」

「ああ、そうだったな。かわいらしく見えるが、伽羅は普通のあやかし数十人を一瞬で倒すくらいの力があるね」

「伽羅ちゃんが……！　全然そんな風に見えないけど」

あの小さく細い体のどこにそんな力が詰まっているのだろう。

「力が強すぎる伽羅は、その力をうまく制御しきれない時があるのです」

「制御しきれない……？」

浅葱さんの話によると、伽羅ちゃんは感情が昂《たかぶ》ると、その強大な力が外に溢《あふ》れ出てしまうらしい。

怒りや悲しみといった感情はもちろんのこと、楽しさや喜びの感情でも溢《あふ》れ出してしまうんだとか。

「あの子は昔から小さな生き物が好きなのです。特に金魚は大のお気に入りで。しかし好きだからこそ、近づくと嬉しさで力が溢《あふ》れてしまう。人間やあやかしのような大きな生き物には影響が出るほどではありませんが、金魚のような小さな生き物は、側にいるだけでダメージを受けてしまうのですよ」

「そんな……」

私は昨日の伽羅ちゃんの様子を再び思い出す。池に金魚がいると教えてあげたら、目をキラキラと輝かせていた。浅葱さんの言う通り、本当に金魚が好きなのだろう。

それなのに好きだからこそ、近寄ったら傷つけてしまうなんて。なんて残酷な話なのだろう。

「伽羅も自分の体質についてはよくわかっています。ですが……たくさんの金魚を見て、嬉しさのあまり、つい近寄ってしまったのかもしれません。茜様の金魚を傷つけてしまい、申し訳ありませんでした。伽羅はまだ寝ていますが、目が覚め次第、謝罪させますので」

「いえ！　大丈夫ですよっ。幸い金魚は無事ですし！」

本人に悪気があったわけではないのに、謝罪をさせる気になんてなれなかった。私は勢いよくかぶりを振りながら浅葱さんに言った。

「しかし、茜様にご迷惑を」

「迷惑だなんて。これから気を付けてくれれば問題ありません。だから、今回のことで伽羅ちゃんを怒ったりしないでくださいね」

「……茜様のお心遣いに感謝致します」

深々と頭を下げる浅葱さん。ご迷惑だのお心遣いだのなんだか仰々《ぎょうぎょう》しくて、むずむずしてしまう。

「我が妻は心優しいのだよ」

うんうん、と頷きながら何故か満足そうな顔をする常盤。

相変わらずの調子に少しイラッとするも、彼が金魚を治療してくれたのは確かだ。そこは素直に感謝している。

「……常盤」

「なんだい？」

「あの。金魚を助けてくれて……ありがと」

癪《しゃく》だけど、お礼を言わないままでいるのは気が引けた。相手が相手ゆえ、少しぶっきらぼうな言い方になってしまったが。

　すると常盤は一瞬驚いたような表情をしたが、すぐにいつもの掴《つか》みどころのない笑みを浮かべる。

「いえいえ。愛する妻の金魚を助けることは当たり前だよ」

「はあ、どうも」

「ほう……『妻』と呼んでも、段々否定しなくなってきたね。少しは素直になってきたのかな？」

「なっ……。あんたが毎度毎度言ってくるから、いちいち突っ込むのが面倒になっただけよ！　私が離婚を望んでること、忘れないでよねっ！」

　すぐにそういう話に持っていくんだから。一瞬前まで抱いていた常盤への感謝が、あっという間に吹き飛んでしまう。

「朝から元気でいいことだね。それにしてもお腹がすいたな。浅葱、朝餉《あさげ》の準備はできているかい？」

「はい、間もなく。おふたりとも、居間でお待ちくださいませ」

　さすがに、浅葱さんにすべて任せてしまうのは悪い気がした。

「浅葱さんにやらせてしまって、すみません……。私も手伝います」

「とんでもございません。総大将の奥様に食事の支度をさせるなど、言語道断でございます。どうぞ茜様は常盤様と一緒に、のんびりお待ちください」

「そ、そういうものなんですか？」

常に落ち着いた話し方をする浅葱さんが、断固として拒否してきたので少したじろいでしまった。

総大将の妻って、私が思っている以上にすごいポジションなのかもしれない。いや、だからといって、このまま納まる気はとんとないけれど。

「というわけだよ。さあ、僕と一緒に待つことにしよう、茜」

「…………」

そう言って、常盤が私へ手を差し出してきた。私はその手を無視して通り過ぎ、玄関の中に入る。もちろん、そんなことではめげない常盤は、すぐに私の傍《かたわ》らにやってきて、「浅葱の料理は絶品なんだ。僕の妻としてその味に慣れておいてくれたまえ」なんて、調子よく話しかけてきた。

そんなこんなで、しばらく常盤と居間で待っていたら朝食がちゃぶ台の上に配膳されていった。

土鍋で炊いたご飯と卵焼き、豆腐とわかめのみそ汁といった朝食としてはハズレなしのメニューが並んだ。まあ、おかずがシンプルなのは、我が家に食材がほとんどなかったからで、浅葱さんのせいではない。

朝食の席に、伽羅ちゃんもやってきた。浅葱さんに金魚の件を聞いたのだろう。チラチラと私の方を見ては、何か言いたそうにしていた。

しかし、私が伽羅ちゃんの方を向くと、はっとしたような顔をしてぷいっと目を逸らしてしまう。

鰹節《かつおぶし》の出汁《だし》がきいた香り立つみそ汁、炊き立てのほかほかご飯、ふんわり甘い卵焼きという絶品朝ご飯を食べつつ、常盤の戯言《ざれごと》をスルーする。そうしながらも、私は大好きだからこそ金魚に近づけないという伽羅ちゃんの気持ちを慮《おもんぱか》るのだった。

＊＊＊

浅葱さんが作ったおいしい朝ご飯でお腹を満たしたら、心が落ち着いたのか眠気が襲ってきた。今日は大学も休みだし、私は横になって不足していた睡眠を補う。

目覚めた後は、作業部屋でネットで販売するアクセサリー作りをして、夕方まで過ごした。

思いがけない事態から、話の通じないあやかしと同居することになり、最初はどうなることかと思ったけど、いざ生活してみると意外にもそれほど不都合はなかった。

何より常盤は、結婚に関すること以外は素直に私の言うことを聞いてくれる。

朝食後に「やらなきゃいけないことがあるから、ひとりにさせて。絶対に邪魔をしないで」と言ったら、こうして静かにひとりの時間を過ごすことができている。

まあ、在庫が減ってきて、そろそろ補充用のアクセサリーを大量に作らなければいけなかったので、「やらなきゃいけないことがある」というのは間違いではないが。

常盤に再会して以来、やっといつも通りの時間を過ごせた私は、乱れていた心を落ち着かせることができた。

だけど冷静になって考えてみても、この状況が非常にまずいことには変わりない。

浅葱さんの話によると、婚礼の刻印に呪いがかかっているため、その呪いを解かないと離婚ができないということだった。

後でもう一度、呪いを解く方法に何か心当たりがないか、浅葱さんに尋ねてみよう。

そんなことを考えながら、一通りアクセサリーを作り終えた私は、ほうっと溜息をつく。すると、気が緩んだ途端、やたらとお腹がすいていることに気づいた。

そういえば、朝ご飯を食べてから何も食べてなかったな。みんなは、お昼ご飯食べたんだろうか？　というか、晩ご飯の材料が何もないから、買い出しに行かないといけないいんじゃない？

私は作業部屋から出て、台所に向かい、冷蔵庫と戸棚の中身を確認する。やはり、わずかな食材しか残っておらず、四人分の晩ご飯なんて到底用意できない。

あ、でもご飯は浅葱さんが用意してくれるんだっけ？

――いや、っていうか、何当たり前のように、あの人たちのことを勘定に入れて考えてるの、私は。

この状況に自然に馴染《なじ》みつつある自分に気づき、はっとする。別に常盤たちのことなど気にせず、ひとりで勝手にご飯を食べればいいではないか。

「だけどなぁ……」

自然に声が漏れた。常盤は放っておきたいところだけど、浅葱さんはいい人だし作るご飯もおいしい。それに、伽羅ちゃんはまだ子供だ……。

そう考えると、ご飯を出さないというのは、どうしても気が引けた。

私は台所から出て、常盤たちのいる部屋に向かった。

「ちょっといいですか？」

障子越しに声をかけると、すぐに「もちろんだよ」という常盤の甘い声が聞こえてきたので、苦笑を浮かべながら障子を開ける。

「え？」

部屋の中には、新品のローテーブルや座椅子、和モダンな台の上に乗っている大型テレビなど、見慣れない物がいくつも配置されていた。

常盤と浅葱さんはテーブルで花札をしている最中で、伽羅ちゃんは床に寝そべってクレヨンで画用紙にお絵描きをしている。

「いつの間にこんなものを用意したの……？」

元々この部屋には押し入れの中の布団しかなかったはずである。こんな新しい家具や家電製品なんてもちろん置いていなかった。

「昨日の夜、ネットショップで購入したのさ。さっき届いたから、好きなように置かせてもらったよ」

「……ああ、そう」

手札を見ながら言う常盤に、私は頭を抱えながら絞り出すように返答する。

これはもう長期滞在する気満々じゃないか。だいたい、あやかしという非現実的な存在のくせに、ネットショップなんて文明の利器を使うとは。

「西様。私どもに何か用事ですか？」

「ああ、晩ご飯をどうしようかと思って。っていうか、お昼ご飯は食べましたか？」

「昼食は、総大将の屋敷に用事があったので、そちらに戻って三人でいただきました。茜様は邪魔をしないでとおっしゃっていたので、声をおかけしなかったのですが……」

「あ、食べたんですね。それならいいんです。それよりも、総大将の屋敷って、常盤の家ってことですか？」

「そうだよ。ここから我々の足で半刻ほどのところさ。今度茜も連れていくよ。従者の化け猫たちがたくさんいるから、挨拶《あいさつ》をさせないとね」

浅葱さんに尋ねたのに常盤が答えてきたので、一気に仏頂面《ぶっちょうづら》になってしまう。

「絶対に行きません。そんなことより、今家に食材がほとんどなくて。買い物に行ってこようと思うんですけど、あなたたちは人間と同じ食事でいいんですよね？」

朝の様子を見る限り、あやかしの食文化は人間と同じようだったが、気になったので念のため確認する。

「茜様の作業が終わったら、その件についてご相談しようと思っていました。私たちの食事については、人間と同じ物で大丈夫と思ってくださって結構です」

「あ、そうなんですね。化け猫なので、やっぱり普通の猫みたいに、魚が好きだったりするんですか？」

「私たちも、元は猫ですから、魚は好きです。しかし、人の姿になっている時は、味覚も人間に近くなるようですね。私たちについては、『魚が好きな普通の人間』とお考えください」

「なるほど……」

姿形が人間に近いから、食事も私たちと同じと考えていいってことか。

そういえば、普通の猫が池で泳いでいる金魚を見たら、喜んで狩りを始めるだろう。でも、常盤や浅葱さんは金魚に興味なんてないみたいだし、伽羅ちゃんも一緒に遊びたいだけのようだったから、行動も人間に近くなるのかもしれない。

「それで、買い物なのですが、雑用は私の仕事なので茜様は家で待っていてくださ い……と言いたいところですが、この辺りの商店についてまだわからないので、今日だけは茜様についてきていただきたいのですが」

「もちろん、全然構わないですよ」

「ありがとうございます」

人間と同じでいいなら、ここから少し歩いたスーパーに行けば食材は揃うだろう。

しかし、大人三人に、子供ひとり分か……

「……あの、非常に言いづらいことなんですけど」

「なんでしょうか？」

「できれば、食費を……」

食文化は人間と同じみたいだけど、貨幣文化はあるんだろうか。あ、でもさっきネットショップを使ったって言ってたから、お金は持っているってことだよね。

ここに住むのなら、せめて食費はいただかないと、あっという間に生活が破綻《はたん》してしまう。悲しいことに、今の我が家は、ひとりの生活がギリギリ成り立っているくらいの経済状況なのである。

「ああ、なんだそんなことか。妻にお金のことで心配させるなんて、僕もまだまだだね。安心していいよ、茜。これでも僕は、化け猫の総大将だ。妻を経済的に困らせるようなことはしないよ」

「え、どういうこと？」

私の問いには何も答えず、常盤は立ち上がって手を天井にかざした。彼の行動の意味がわからず、私は首を傾げる。

しかしその直後、いきなり虚空《こくう》から、キラキラした物が大量に出てきた。それは、花札を広げていたローテーブルの上に、ざあっと音を立てて落下する。

「こ、これって⁉」

「屋敷の倉庫にしまっていた宝石や金をこっちに持ってきたんだ。生活費はこれを使うといいよ。手持ちの現金はネットショップの代引きでほとんど使ってしまったから、こんな形になってすまないね」

「すごい……これ、本物だ」

テーブルの上にバラまかれた宝石を数個取って観察し、私は驚きの声を上げる。趣味のおかげで宝石や貴金属を見る目が、少しは備わっていた。もちろん、鑑定士ほど正確なものではないけれど。

これ、全部換金したらこの辺の土地を買い占められるんじゃないだろうか。

——そうすれば、この貧乏生活ともおさらばできる……？

ついそんな欲が出そうになり、私は慌てて首を横に振る。これに甘えては、常盤の思う壺だろう。必要な分だけいただいて、あとは手をつけないようにしなくては。

「それでは、こちらの管理は私にお任せください。茜様の必要な金額をお伝えくだされば、その都度私が人間の貨幣に換金してお渡し致しますので」

「あ、はい。よろしくお願いします」

眼前の金銀宝石に相当な価値があることはわかったけれど、お金に換えるのは少々手間取りそうだなあと思っていたので、浅葱さんの申し出は大変ありがたかった。

私は常盤の方を向いて、ぺこりと頭を下げる。

「あ、あの。ありがとう」

やはり癪《しゃく》だけど、経済的に困らない状況にしてくれたことには感謝だ。——そもそも、彼らがいなければ困らないのでは……と、ちょっと思ったけれど。

すると常盤は「ふっ」と小さく笑いをこぼし、私を艶《つや》っぽい瞳で眺めた。厄介な相手とはいえ、見た目は絶世のイケメンなので思わずドキッとしてしまう。

「お礼なんて気にしなくていいよ。体で払ってくれればね」

「……はっ？　体ってっ！　もうっ、調子に乗らないでよ！」

まったく、隙を見せたらすぐにこれである。そして私の突っ込みを常盤が満面の笑みでかわすやり取りにも、だいぶ慣れつつあった。

「茜様。もう夕刻ですし、そろそろ買い物に出ようと思うのですが、構いませんか？」

「あ、そうですね。行きましょう」

「お買い物⁉　伽羅も行く！」

そう言って、元気よく立ち上がる伽羅ちゃん。常盤は行かないらしく、テレビのリモコンをいじってザッピングを始めた。

ついてくるかと思ったけれど、やっぱり偉い人は雑用をしないものらしい。下々の人に示しがつかなくなるからかな。

というわけで、私は浅葱さんと伽羅ちゃんと一緒に、徒歩十分の距離にあるスーパーへ向かったのだった。

＊　＊　＊

こんなド田舎《いなか》のスーパーは大手の全国チェーン店……というわけではもちろんなく、長くこの集落に住んでいる雨田《あまだ》さん夫婦が営む、地元民に愛されるこぢんまりとした雨田商店だ。

お店は小さくても、この辺りの農家さんから直接仕入れている野菜や果物は安い上に質が良く、聞いたことのないメーカーの加工食品も驚くくらいに安価だ。お金のない私にとっては、かなり使い勝手がよい店だった。

今日は天ぷらにする、と話していた浅葱さんも、狭い店内に陳列された瑞々《みずみず》しく大ぶりな野菜たちを見ては、「これは作り甲斐がありますね」と嬉しそうに言っていた。

夕食と明日の朝食の分の食材と、保存がきくレトルト食品、伽羅ちゃんが欲しがった玩具《おもちゃ》付きのお菓子などを買い物かごいっぱいに入れて、レジに向かった。会計をする間、浅葱さんと伽羅ちゃんにはお店の外で待っていてもらう。

私の番になった時、レジに立っていた雨田の奥さんが、私にニヤッといい笑顔を向けてきた。

「あら、茜ちゃん。珍しいわね、誰かと一緒なんて」

大叔母さんが存命の頃から私を知っている奥さんは、買い物にくるたびに気さくに話しかけてきてくれる。

しかしまずいぞ、彼女のこの表情は。

確実に浅葱さんを私のいい人か何かだと思っている。伽羅ちゃんの存在もあるし、もしかすると、コブ付きの男と付き合っていると勘違いされているかもしれない。

「ええ！　し、親戚が何人か家に来ていまして！」

先手を打って答えた。私の家に若い男が何人も出入りしているとわかれば、変な噂があっという間に広がってしまうのが目に見えていた。

田舎《いなか》の密なネットワークは本当に恐ろしいのである。

「へえ、親戚ねえ」

あからさまにつまらなそうな顔になる奥さん。しかし、レジで商品をスキャンしつつ、窓ガラス越しに浅葱さんのことをチラチラ盗み見る奥さんは、しっかり疑っているようだった。

言い訳を重ねたところで、かえって怪しまれる気がしたので、私は何も言わないことにした。

「まいどー。またねー！」

サッカー台で袋詰めをして退店する時、背後から奥さんのテンション高めな声がかかった。

——うーん、やはり怪しんでいるなあれは。

やっぱり買い物は私が行く方がいいのではないだろうか。

だけど浅葱さん曰《いわ》く、総大将の妻である私に家事をさせるなんて言語道断らしいから、認めてはもらえないだろう。

うーん。ネットスーパーの宅配でも利用しようかなあ……

なんてことを、帰路につきながら考えていると、浅葱さんが急に立ち止まった。

「どうしたんですか、伽羅」

私たちは、浅葱さんを真ん中にして並んで歩いていた。恐らく私の隣に立ちたくない伽羅ちゃんが、自然とそのように移動したのだろう。

彼女は左手にスーパーで買った玩具《おもちゃ》付きのお菓子を持ち、右手は浅葱さんと繋いで歩いていたが、立ち止まって電柱に貼ってある何かのポスターをじっと眺めていた。

「お祭り……やってるの？」

ポスターは、近くの寺で行われる夏祭りについてだった。この辺は本当にド田舎《いなか》で何もないところだけれど、家から徒歩二十分くらいのところにある西方寺《さいほうじ》という寺は、パワースポットとして結構有名だった。

縁結びの聖地とも言われており、寺の前の商店街では、名物の三角形の油揚げを目当てに昼間は大勢の人で賑《にぎ》わっている。

「お祭り、今日やってるみたいだね。伽羅ちゃん行きたいの？」

ポスターには、わたあめやたこ焼き、射的などのいかにもお祭りらしいイラストが描かれていた。

伽羅ちゃんは「今日やってるの⁉」と目を見開いたが、すぐにはっとした面持ちになって、私から目を逸らした。

「行かない、そんなガキくさいの」

不愛想な声で言う。明らかにお祭りに心を惹かれていたようだが、子供っぽいと思われたくないのだろう。子供らしいプライドがなんだかかわいらしくて、私は笑みを堪《こら》えた。

すると、浅葱さんが顔をしかめて、咎《とが》めるように言った。

「こら、伽羅。茜様がせっかく教えてくださったのに。なんですかその態度は」

「お、お兄ちゃん。だって……」

「あー、いいんです。私は気にしてないですから」

兄に怒られて一瞬でシュンとなった伽羅ちゃんがいじらしくて、私は慌てて首を横に振る。

「茜様……本当に、無礼ばかりですみません」

「いえいえ。子供のすることですから」

「ありがとうございます。……ほら伽羅、早く帰って一緒に夕餉《ゆうげ》の支度をしますよ」

「はーい……」

浅葱さんに言われて、どこか不貞腐《ふてくさ》れたように歩き出す伽羅ちゃん。私と浅葱さんも再び並んで歩き始める。

それにしても、私がいる手前「行かない」なんて言ってたけれど、本当はお祭りに行きたいんだろうなぁ。

新しい環境になって伽羅ちゃんも緊張しているだろうから、行きたいなら連れて行ってあげたい。

でも私が誘ったところで、たぶん余計行かないって言いそうだ。またの機会かな……。

そんなことを考えながら歩くうちに、化け猫の総大将が待っている家の明かりが見えてきたのだった。

＊＊＊

衣はさくっとしていて、中までしっかり火の入った野菜はとってもジューシー。

家でこんなにおいしい天ぷらができるんだと、私は浅葱さんの料理の腕に、大層感激していた。

「浅葱さん、すごいですね。私が家で天ぷらを作ると、衣が水っぽくなってしまって……。どうしたらこんな風にカラッと揚がるんでしょう」

食べ終わった食器を片付けている浅葱さんに尋ねると、彼は少し機嫌を良くしたようで、小さく微笑んだ。

「天ぷらをおいしく揚げるには、温度と時間と、野菜のちょっとした下ごしらえです。簡単なコツですよ」

「へえ！　今度教えてもらっていいですか？」

「それはいいね。茜が僕のために作ってくれるのだろう？　楽しみにしているよ」

浅葱さんとの和《なご》やかな会話に、常盤が交ざってきて一気に不快な気持ちになる。

それにしても、常盤は食事中ずっと焼酎や日本酒をガバガバ水のように飲んでいたのに、少しも顔色が変わっていない。どうやらかなりの酒豪のようだ。

「は？　誰が誰のために作るって？」

「おや、サプライズだったかな？　それは、水を差すようなことを言ってしまったね。僕は聞かなかったことにしておくから、楽しみに待っているよ」

「一生待っててください」

にべもなく言い放つが、常盤は変わらず機嫌良さそうに笑っている。全くダメージを与えられていないのが悔しい。

「伽羅、片付けるのを手伝ってください。……伽羅？」

両手いっぱいに使用済みのお皿を抱えた浅葱さんが、辺りを見回す。つられて私も部屋中を眺めてみたけれど、伽羅ちゃんの姿はなかった。

「伽羅ちゃん、トイレにでも行ったのかな」

「そういえば、さっきから姿が見えないね」

「戻ってきたら、台所で片付けを手伝うように言っていただけないでしょうか」

「わかりました」

そんな会話をしてから、常盤といつものように不毛な言い争いをしながら、しばらく居間で待っていたけれど、伽羅ちゃんは一向に戻ってこない。心配になった私たちは、手分けして家の中を探したけれど彼女の姿は見つからなかった。

「こんな時間にどこに行ったんだろう？　もう外は暗くなり始めているのに」

私は、ぽつぽつと星が瞬《またた》き始めた空を見上げて呟く。

伽羅ちゃんが家の敷地内にいないことがわかった私たちは、一度庭に集合した。すでに時刻は夜七時を回っていて、日の長い夏といえども辺りは薄暗い。

あんな小さな子供が出歩いていい時間ではないと思う。

「まあ、伽羅もあやかしだからねぇ。夜が苦手というわけではないが」

「あっ。そうか」

あまりにも人間臭いので忘れていたけれど、この人たちはあやかしだったんだ。

あやかしといえば、なんとなく夜が活動時間っぽい印象はある。そもそも猫は夜行性だし。

「だからといって、何も言わずにいなくなっていいことにはなりません。普段はこんな勝手をする子ではないのですが」

心配そうな面持ちで浅葱さんが言う。

「浅葱さん、伽羅ちゃんが行きそうなところに、心当たりはないですか？」

そう尋ねると、彼は沈痛な面持ちでかぶりを振った。

「来たばかりのこの辺のことは、伽羅はわからないはずです。一緒に遊ぶような友達もいないはずですし……。恥ずかしながら、全く見当がつきません。伽羅の強さなら、誘拐の線があり得ないのは不幸中の幸いですが」

「そうですか……」

あれだけかわいい子なら、誘拐される心配もあるんじゃないかと思っていたけれど、そういえば伽羅ちゃんってとてつもなく強いんだっけ。

そういった可能性を心配しないでいいのは、確かによかったけれど。

「本当に申し訳ありません。茜様にご迷惑をおかけしてばかりで」

「そんな！　今はそんなことを言っている場合じゃないです。伽羅ちゃんを早く見つけないと」

恐縮した様子で私に深く頭を下げてくる浅葱さんを、私は必死に止める。

本当にこの人、常盤を慕っているんだな。だから一応の妻である私にも、常に従順な態度を取るのだろう。

「しかし、本当にどこに行ったのだろうね。この辺は民家と畑、こぢんまりとした商店くらいしかなかったと思う。子供が惹かれるような場所といえば、山か池か川くらいだ。わざわざ暗くなってから抜け出す必要なんてないだろう。夜目がきくとはいえ、やはり昼間よりは見えづらいからね」

「うーん……」

常盤の言葉に、周囲の環境を思い起こす私。

確かに、山奥の小さな集落であるこの辺は、本当に何もない。

十歳の頃の私だって、山で探検をしたり、川で水遊びをしたりするくらいしかしていなかった。

西方寺の方まで行けばお店も多いけれど、大人の足でも二十分はかかる。それに、子供が楽しむような場所でもない。

こんな時間に、こっそり抜け出してまで子供が行くような場所……

「あっ！」

記憶を手繰《たぐ》り寄せていた私は、買い物からの帰り道にあった出来事を思い出した。

「おや、どうしたんだい茜」

「今日浅葱さんとスーパーに行った帰りに、茜ちゃんがお祭りのポスターを見てたの！　すごく行きたそうな顔してた。あの時は、私がいるからか『行かない！』なんて言っていたけど」

「そういえば……そんなこともありましたね」

「もしかしたら、お祭りに行ったんじゃない？」

私の言葉に、常盤が感心したように頷いた。

「なるほど。人間の祭りか……。いかにも子供が好きそうな催《もよお》しだね」

「――確かに、可能性は高いです」

浅葱さんは意味深な口調で言った。

面倒見のいい浅葱さんなら、お願いすればお祭りくらい一緒に行ってくれそうなのに、どうして伽羅ちゃんはひとりで行ったのだろうと、その点が気になっていたのだけど。今の浅葱さんの口ぶりから、何か事情があるような気配を感じた。

「では、とりあえず祭り会場に行ってみよう。茜、案内を頼む」

「わかった」

「大変申し訳ありません。お二方にこのようなお手間を……」

「だから、そういうこと言わなくていいですよ。早く捜しに行きましょう！」

また頭を下げようとする浅葱さんを制して、私は歩き出す。背後から「面目《めんぼく》ありません」と言う声が聞こえて、私は苦笑い。

そうして、私たちは三人連れ立って、夏祭りが開催されている西方寺へ向かったのだった。

＊＊＊

西方寺に向かう道中、浅葱さんがぽつりぽつりと話をし始めた。

「私どもの母がまだ元気だった頃、母と伽羅と三人で、祭りへ行ったことがあったのです」

その時にお母さんと金魚すくいをして、伽羅ちゃんはとても楽しそうにしていた。

そしてすくった金魚を、お母さんと共にかわいがっていたのだそうだ。

「その頃の伽羅はまだ今ほど力が強くなく、感情の昂《たかぶ》りで小動物を傷つけてしまうようなことはありませんでした」

一緒に金魚の世話をしていたふたりだったが、その頃からお母さんの体が段々と弱っていき、ただの猫に戻ってしまった。

化け猫は、元々はその辺にいる普通の猫なのだそうだ。病や寿命などで弱り、妖力を失うとただの猫に戻ってしまうのだという。

……って、私にとっては結構驚きの内容なのだけど。

猫となったお母さんは運よく人に飼われ、穏やかに余生を過ごすことになった。そして寿命が尽き、人間に看取られながらこの世を去ったのだそうだ。

「母上を飼ってくれた人間は優しい方たちで、病院に連れて行ってくれたり薬を飲ませてくれたり、最期までかいがいしく世話をしてくださいました。しかし幼い伽羅は、母上が亡くなった事実を受け入れたくなかったみたいで……」

「もしかして、それで人間が嫌いに？」

「左様でございます。何かのせいにでもしないと心を保てなかったのでしょう。私は人間のせいではないときちんと説明したのですが」

お母さんと一緒にかわいがっていた金魚も、伽羅ちゃんの悲しいという感情の昂《たかぶ》りによってダメージを受けて、弱って死んでしまったんだそうだ。

そしてこれが、伽羅ちゃんが初めて自分の力によって小動物を殺してしまった出来事なのだという。

——伽羅ちゃんにとって、お祭りと金魚には、お母さんとの特別な思い出があるんだろうな。

さっき伽羅ちゃんと見た夏祭りのポスターには、金魚すくいのイラストも描かれていた。もしかしたら伽羅ちゃんは、お祭りで金魚すくいがしたかったのだろうか……。

今の伽羅ちゃんに金魚すくいはできない。それがわかっているから、一旦はお祭りに行くことを諦めたのだろう。だけど、やっぱり諦めきれなくて家を飛び出してしまった、というのが真相かもしれない。

「それなら伽羅ちゃんは、金魚すくいの出店の近くにいるかもしれませんね。まずはその出店を捜してみましょう」

「かしこまりました。本当にありがとうございます、茜様」

そんな話をしているうちに、私たちは夏祭りの会場へ着いた。西方寺で行われる夏祭りに来たのは、子供の時以来だけれど、人の多さに驚かされる。

「これは、なかなか捜すのに骨が折れそうだね」

殷賑《いんしん》を極める祭りの様子に、常盤は苦笑を浮かべた。

「手分けして捜すのがよさそうだね……。私は寺の西側から探しますから、浅葱さんは東側へ行ってください。常盤はステージ周りをお願いね。見つかる見つからないにかかわらず、八時半に一旦この場所に集合しよう」

「かしこまりました」

「了解した。なかなか手際がいいね茜は。さすがは僕の妻だ」

「そういうのいいから、早く行ってください！」

追い立てるように言ってから、私は宣言通り寺の西側を捜し始めた。祭りもそろそろ終わりに近い時間だというのに、いまだに人の数は多く、かき分けるようにしないと前に進めない。

たこ焼き屋、玩具《おもちゃ》のくじ引き、わたあめ、チョコバナナと、お祭りの定番ともいえる出店が数多く立ち並んでいるが、なかなか金魚すくいの出店が見つからない。

ポスターに絵が描かれていたから、絶対にあるはずなのだけど。

私が目を皿のようにして金魚すくいを捜していると、ちょうど、出店の並びの端に金魚が泳ぐビニールプールが見えた。

「あった！」

私は人の波をかいくぐって金魚すくいの出店に近づく。

ビニールプールの周りには、たくさんの子供が集まっている。金魚をすくうためのポイを持って、真剣な面持ちで水面を覗き込んでいた。

しかし、そこに肝心の伽羅ちゃんの姿が見当たらない。絶対にここにいるはずだと思っていた私は、予想が外れて途方に暮れる。

もしかして、もう帰ってしまったのだろうか。

それとも、近づきたくても近づけないとか……？

いろいろ考えながら周囲に視線を走らせていたら、金魚すくいの出店の後方の電柱の陰で、赤い何かが動くのが見えた。

目を凝《こ》らしてみると、そこにいたのは伽羅ちゃんだった。彼女は電柱の陰からじっと子供たちが金魚すくいをする様子を眺めている。

母親にすくい方を教えてもらっている五歳くらいの少女。

「三匹もすくえた！」と嬉しそうに報告する十歳くらいの少年と、「すごいね」と少年の頭を撫でる母親。

そんな幸せそうな光景を、伽羅ちゃんはじっと眺めていた。

ここからでも、彼女が唇を噛み、切なげな面持ちをしているのがわかる。

いたたまれない気持ちで、私はそんな彼女を見つめていた。

しばらくして、伽羅ちゃんはふいっと金魚すくいの出店に背を向けて、どこかへ歩き出す。

私は慌てて、彼女の後を追ったのだった。

＊＊＊

先ほどまでわずかな星明かりしかなかった夜空に、今は大輪の花が咲いていた。ドーンドンという低い音が、定期的に辺りにこだましていく。

確か夏祭りの花火は、八時半からだったはず。いつの間にか、集合する時間になっていたらしい。

伽羅ちゃんは夏祭りの会場から少し離れた、空《あ》き地の草むらにひとりで体育座りをしていた。夜空を見上げる横顔は、無表情に見えたけれど、何かを必死で堪《こら》えているような脆《もろ》さを感じた。

「――伽羅ちゃん」

私はそっと近寄って声をかける。強い力を持ったあやかしだという伽羅ちゃんは、きっと私がいることに気づいていたのだろう。私の声に反応することなく、じっと空を見上げたままだった。

――しかし。

「金魚がどうしても欲しかったんだよね」

私が伽羅ちゃんの隣に腰を下ろしてそう尋ねると、小さな肩をぴくりと震わせた。

私を見る彼女の大きな瞳は、艶《つや》が無くガラス球のように無機質だった。

「お母さんとの思い出の金魚を、もう一度飼いたかったんだよね」

しっかりと目を合わせてゆっくりと言う。すると無機質だった美しい双眸《そうぼう》から、真珠のような涙がこぼれ始める。

そして、伽羅ちゃんが勢いよく私の胸に顔を押し付けてきた。彼女はポカポカと私の胸を小さな手で叩く。

手加減はしてくれているのだと思う。だって、常盤や浅葱さんの話から想像すると、彼女が本気を出したらこんな衝撃じゃすまないだろうから。

「お前らの……お前ら人間のせいでっ！　母上はっ……！」

絞り出すような悲痛な声。やるせない彼女の気持ちがじんじんと伝わってきて、私まで泣きそうになってしまう。

伽羅ちゃんだって、ちゃんとわかっているんだ。お母さんが亡くなったのが人間のせいではないことを。

――それでも。

まだお母さんに甘えたい年頃に、側からいなくなってしまって。お母さんとの思い出が詰まった金魚にも、近寄ることができなくなって。

浅葱さんの言うように、そんなどうしようもない現実を受け入れられなくて、人間を嫌うことでなんとか自分の心を保っていたのだろう。

私は伽羅ちゃんの背中にそっと手を回し、抱きしめた。彼女は驚いたような顔を一瞬した後、私を叩くのをやめる。

「ううう。うあ、うあああああああ」

文字通りの号泣を始める伽羅ちゃん。私は無言で彼女を抱きしめることしかできなかった。花火の音と彼女の泣き声が、夜の闇にこだまする。

しばらくそのままでいたら、伽羅ちゃんの泣き声が聞こえなくなり、私にもたれかかってきた。どうやら泣き疲れて眠ってしまったようだ。

それに気づいたと同時に、伽羅ちゃんが猫の姿へと変化《へんげ》した。砂色のきれいなトラ柄の、かわいらしい子猫だった。

抱き上げると、とても軽い。こんなに小さい体で、いろいろな物を抱えているのだと思ったら、涙が溢《あふ》れそうになった。

幼い時に両親を失った自分の姿と、腕の中の子猫が重なる。不意に、あの頃の素直に甘えられる対象がいない辛さを思い出した。

私は伽羅ちゃんをぎゅっと、しかし優しく抱きしめる。過去の自分を抱きしめるような気持ちで。

そしてそのまま、私はみんなと約束した集合場所へと向かったのだった。

＊＊＊

無事に合流して、家へと戻ってきた私たち。

猫の姿のままの伽羅ちゃんは、全く目を覚まさなかったので部屋で寝かせている。

大人三人は、居間のちゃぶ台を囲んでいた。

「私たち大人の化け猫は自分でコントロールできますが、伽羅のような幼い者は感情の変化で猫の姿に戻ってしまうことがあるのです。それでも、強い妖力を持つ伽羅が人前で変化《へんげ》してしまったのは久しぶりです」

「よっぽど金魚すくいがしたかったのかなぁ……」

浅葱さんと私は、しんみりとした声で話す。

離れた場所から金魚すくいをする母子を見つめていた、いたいけな瞳。思い出すだけで、心がぎゅっと締め付けられる。

「なんとか金魚を飼えるようにしてあげたいな……」

私はぼそりと呟いた。

うちの池にはたくさん金魚がいるけれど、伽羅ちゃんは遠くから眺めることしかできない。それではなんの意味もないだろう。

お母さんとのことを思い出せるような、伽羅ちゃん自身がかわいがることができる金魚が必要なのだ。

「しかし、伽羅に金魚を与えたら……。死なせてしまうのです、いつか必ず。化け猫は無益《むえき》な殺生《せっしょう》を禁じています。この状況で与えるわけにはいきません」

「ならば、何か代わりの物でも与えたらどうだ。金魚の玩具《おもちゃ》とか、ぬいぐるみとか。人間界で売られていないのかい？」

深刻そうに話す私と浅葱さんとは対照的に、のほほんとした声で常盤が言う。

ほんと、この人いっつもマイペースだよね、と呆れていた私だったが——

「あ！　それいい考えじゃない⁉」

金魚の玩具《おもちゃ》やぬいぐるみを伽羅ちゃんにプレゼントすれば、少しは心が満たされるのではないか？　そう思って弾んだ声を上げる。

しかし浅葱さんは、沈痛な面持ちのまま首を横に振った。

「実は昔、私も同じことを考えて、伽羅に金魚のぬいぐるみを与えたことがあるんです。しかし反応は薄く……。どうやら水に入っている金魚の姿を見るのが好きなようです。母親と一緒によく金魚鉢を眺めていたからでしょう」

「そっか……。そうなんですね」

やっぱりリアルな金魚がいいというわけか。だけど、なかなかそんな玩具《おもちゃ》はないだろう。

水に入っている金魚の姿か。水に入っている……

「そうだ！」

突然の思い付きに突き動かされ、私は勢いよく立ち上がる。浅葱さんは驚いたような顔をし、常盤は相変わらず緩い笑みを浮かべていた。

「いきなりどうしたんだい、茜。とうとう僕との結婚を……」

「今から作業部屋に籠《こも》るから！　ふたりとも絶対に邪魔しないでください！　集中したいからっ」

常盤の話をぶった切り、私はまくしたてるように言った。

「承知しました……。ですが、もうだいぶ遅い時間ですよ。今日はお休みになった方がよろしいのではないでしょうか」

浅葱さんの心配そうな声に、壁に掛けられている古い振り子時計を見る。すでに午後十一時を回っていた。

なんの、こっちは元から徹夜覚悟である。

「浅葱さん、ご心配ありがとうございます。だけど早く作りたいんです！」

伽羅ちゃんの心が少しでも明るくなれるような、水の中を泳ぐ金魚を。

「作る……？　一体何を……」

「説明はものが完成してからします！　それでは！」

「よくわからないけど、頑張るんだよ。愛する茜」

常盤の甘い囁《ささや》きはもちろんスルーして、私は一目散に作業部屋へ向かった。

そして、はやる気持ちのまま、勢いよく引き出しを開けて、これから必要な材料や道具に目星をつけていく。

透明なＵＶレジン液と、赤の着色料、大ぶりのガラスドーム、精製水と水のり、水色のガラス粒。

そして、ミニチュアの金魚が作れるシリコン型。

メインに使うのは、こんな物だろう。

「よし、やるぞ」

私はやる気を込めて決意を口にすると、作業机に向かい始めるのだった。

＊＊＊

それから約七時間が経ち、障子から朝日の光が透けて見えだした頃。

「できた！」

私は苦心して完成させたものを手に取ってそう叫び、椅子から勢いよく立ち上がる。

すると、机の上に散乱しているパーツの残骸がパラパラと床に落ちた。

一晩中、ずっと集中して作業していたため、机や床の上がしっちゃかめっちゃかになっていることに今初めて気づいた。

金魚の色味をリアルにするために何回も着色料の量を試したし、泳いでいるように見える精製水の粘度もなかなか定まらなくて大変だった。

ここを片付けることを考えると気が重くなったけれど、今はそんなこと後回しだ。

私はやっとのことで完成したそれを丁寧に持ち、足早に伽羅ちゃんのいる部屋へ向かった。

「伽羅ちゃん！　できたよ！」

そう言いながら障子を開くと、六つの瞳が私に向けられた。

常盤と浅葱さんはローテーブルについてくつろぎ、伽羅ちゃんは部屋の奥に敷かれた布団の上で、上半身だけ起こしていた。

昨晩は猫の姿だったが、今は人型に戻っている。

「おはよう、愛する妻よ。昨日は一晩中頑張っていたようだけど、僕へのプレゼントでも作ってくれたのかい？」

「全く違います」

なんで私の今までの態度で、自分が贈り物をもらえると思うのだろう、この人は。

私は半眼になって、常盤の言葉を全否定する。

「茜様、おはようございます。ほら、伽羅もちゃんと挨拶《あいさつ》しなさい。昨日は茜様が伽羅を捜してここまで連れて帰ってくれたのだよ」

「…………」

浅葱さんにそう促《うなが》された伽羅ちゃんだけれど、迷うように一瞬私を見た後、ぷいっと顔を逸らした。

「こら、伽羅！」

「あ、大丈夫です浅葱さん」

嫌いな人間に自分の母親への思いを知られた上に、泣きじゃくった弱いところまで見られたなんて、伽羅ちゃんにとってみれば屈辱《くつじょく》以外の何物でもないだろう。だけど私は彼女の助けになりたかった。ひとりで悲しみに耐える状況から、彼女が解放されるように。

私は、伽羅ちゃんへ近寄る。

「ねえ、伽羅《かが》ちゃん」

布団の横で屈んだ私が、柔らかい口調で話しかけても、伽羅ちゃんは顔を逸らしたまま何も言わなかった。私はそんな彼女の小さな手のひらに、一晩かけて作ったものを、そっと握らせた。

いきなりひんやりとしたものを握らされたためか、伽羅ちゃんは少し動揺したようだった。反射的に自分の手のひらを見る。

次の瞬間、伽羅ちゃんの瞳が、みるみるうちに色を帯びていった。

「これ……！　金魚！」

そう言いながら信じがたいという面持ちで、伽羅ちゃんは私が渡したものをつまむ。

私が徹夜をして作り上げた、ネックレスを。

チェーンをつまんだ伽羅ちゃんの眼前で、ペンダントトップの大ぶりのガラスドームが、ゆらゆらと揺れた。

そのたびに、ガラスドームに入った水のり入りの精製水がゆらめき、水色のガラス粒が浮遊する。

その中で、鮮やかな赤い金魚と、赤白まだら模様の金魚が、まるで水の中を泳いでいるかのように動いた。

ドームの中で金魚と水色のガラス粒がゆらゆらと動く様は、金魚鉢の中を泳ぐ金魚みたいに見えるはずだ。我ながら上手に再現できたのではないかと思う。

「これなら、伽羅ちゃんが嬉しくなったり悲しくなったりしても、死んじゃったりしないよ。あ、でもガラスでできているから、物理的な衝撃はダメだけどね」

食い入るようにガラスドームを見つめていた伽羅ちゃんの瞳が、一気に潤《うる》んだ。

「母上……母、上っ！」

押し殺すような掠れた声を上げた伽羅ちゃんは、ガラスドームを握ったまま布団の上に突っ伏した。

肩を震わせて、泣いているのだろう。

できることなら、この涙は昨晩流した涙とは別の種類のものであってほしいと思う。

私は伽羅ちゃんを見つめながらそっと息をつく。すると、急に疲れが襲ってきた。

一晩中ずっと机にへばりついて、細かい作業を行っていたのだから、当然といえば当然だろう。

そういえば、昨日はお風呂も入らずに部屋に籠《こも》ってしまった。シャワーを浴びてから、ひと眠りすることにしよう。

そう決めて、立ち上がろうとした時。

「……？」

一瞬、体が何か温かいものに包まれた気がした。疲れ切った体が、芯から安らいでいく感覚。体験したことのない、不思議な温かみだった。

「常盤、今の……」

私は思わず常盤に尋ねてしまった。ここ数日経験したことのないことばかりだったけれど、そのすべてが彼がらみだったため、今の不思議な感覚もそうだろうと思ったからだ。

「なんだい？」

常盤は首を傾げてそう言った。たった今、私の身に起こったことについて、何も気づいていない風だった。

てっきり、あやかしに関する何かかと思ったけれど、常盤の様子から、単なる私の気のせいらしい。

疲れすぎて体調が少しおかしいのかもしれない。

「なんでもない。疲れたからお風呂入ってちょっと眠るわ」

「そうか。一緒に入るかい？」

「入りません」

「茜様っ……！　伽羅のために、あのような素晴らしいものを作っていただいて！

本当に、なんとお礼を申し上げていいか……！」

立ち上がり、深々と頭を下げて、いつになく大袈裟《おおげさ》にお礼を言ってくる浅葱さんに、
私は苦笑いだ。

「いえいえ、ああいうの作るの、元々好きですし、楽しかったので。あれで少しでも
伽羅ちゃんの寂しさが紛れるといいんですけど」

「少しどころじゃなさそうだよ」

常盤が伽羅ちゃんの方を見て言うので、つられて私もそちらを向く。

いつの間にか伽羅ちゃんはペンダントを首にかけていた。

そしてガラスドームを手のひらの上に載せ、涙で頬を濡らしながらも、満面の笑み
を浮かべている。

「そっか……。よかった」

心底嬉しくなり、私も自然と破顔した。

いまだに頭を下げ続けている浅葱さんに「もういいですってばー」と軽い口調で声をかけ、私はそのまま浴室へ向かったのだった。

＊＊＊

「はあ……」

深々と嘆息しながら、熱めのシャワーに身を任せる私。お湯と共に疲れが洗い流されていき、なんとも言えない解放感に包まれる。

目が乾燥しているし、肩と背中もバキバキだ。せっかくの日曜日だけど、今日は一日眠って終わりそう。

そんなことを考えながら、凝《こ》り固まった肩をさする私。そこで、右肩にある痣《あざ》が目に飛び込んできた。呪いのかかった、婚礼の刻印。

これが消えないせいで離婚ができないなんて。痣《あざ》やタトゥーを消すレーザー治療でなんとかならないのだろうか、などと思っていた私だったが……

「ん……!?」

あれ……

昨日と痣《あざ》の形が違う?

少しだけど、本当にほんの少しだけれど、端の方が欠けているように見える!

「ねぇ!」

慌ててシャワーを浴び終えた私は、Tシャツとスウェットのパンツを穿いて急いであやかしたちのいる部屋へ飛び込んだ。

伽羅ちゃんはペンダントを首から下げながら画用紙に金魚の絵を描いていて、男性陣は碁盤に向かって一局打っていた。

っていうか、囲碁セットなんて家には無かったはずだけれど。これもネットショップで買ったんだろうか。

なんてことはどうでもよくって。

「どうしたんだい茜、そんなに慌てて。僕に会いたくなったのかい?」

「痣《あざ》が!　婚礼の刻印が小さくなってるの!」

私がTシャツの襟《えり》首を少し広げて痣《あざ》を見せると、浅葱さんは驚いたように目を見開いた。

「これは……。確かに昨日よりも、わずかですが呪いの力が弱まっているようです」

「え⁉　ほんとですか！　それって、もっと弱まれば、離婚できるってことですよね⁉」

「はい、離婚するには呪いを完全に解く必要がありますが……」

わずかにしか呪いが弱まっていないということは、完全に解くには、かなり時間がかかるかもしれない。

しかしそれでも、昨日までは呪いが弱まるなんていう話は全くなかったのだから、大きな希望が見えた気がした。

「どうすれば呪いって弱まるんですか⁉　そもそもなんで、弱まったんでしょう⁉」

「さて……。それは私にもわかりません……。それこそ、茜様に何か心当たりはありませんか。こう、心が浄化していくような、そんな感覚を覚えた瞬間はありませんでしたか？」

「心が浄化……」

浅葱さんに言われて昨日一日のことを思い起こしてみる。常盤の言動に苛立った場面ばかりが蘇《よみがえ》り、嫌な気持ちになりつつも必死に思い出す私。

「あっ！　さっき！　さっき、伽羅ちゃんに金魚のペンダントを渡した後、温かい何かに体が包まれた気がします！」

　思い返せば、あれは浄化という表現がしっくりくる温かさだった。思い当たるとしたらあの瞬間しかない。

「伽羅にペンダントを……。茜様が作ったペンダント……。うーむ。そうなると、考えられる可能性としては、総大将から妻が独り立ちをしたいという思いに、呪いが反応したのかもしれません」

「独り立ち……？」

　浅葱さんの言っている意味がよくわからず、私は首を傾げる。すると彼は、丁寧に説明してくれた。

　本来、化け猫の総大将の妻とは、総大将に従属する立場。彼を補佐し、支えるという内助の功を心がけ、縁の下の力持ち的な役割なんだそうだ。

　よって総大将の妻は、奥ゆかしく夫の後ろに隠れているのが美徳とされる。言い換えれば、総大将を陰から支えるという立場に一生身を置かなければならない。

　なんだか時代錯誤だなあと、浅葱さんの説明を聞いた私は、苦虫を噛み潰したような面持ちになってしまった。

「茜様にかかっている呪いは、婚礼の儀式の際に幼い茜様が願った強い思いが原因のひとつと考えられます。常盤様と一緒にいたいという気持ちが、呪いという形で現れたのでしょう。だから、普通の方法では離婚ができないのだと思います。ですが今回、茜様はご自身の考えや思いで伽羅の心の問題を解決しました。そのことが総大将からの独り立ち、つまり離縁の意思と受け取られ、呪いの力が弱まったと考えられます」

「私が、私の考えや思いでやったことが、解呪に繋がる……」

「もしかすると、茜様がお作りになる装身具には、特別な力が備わっているのかもしれません。伽羅のペンダントしかり、常盤様との婚礼の際の指輪しかり」

普通の人間が作った物によって、こんな風にあやかしの心の問題を解決したり、婚礼の刻印に呪いがかかるなんて、聞いたことがないそうだ。

「茜様は並々ならぬ思いを込めて物作りをなさっているのではないでしょうか。それが装身具に内包されるのでしょう。だからこそ、あやかしの心にも作用したのかもしれません」

思い出したのは、私に料理やお裁縫を教えてくれる時に言っていた、大叔母さんの言葉だった。

『何かを作る時はね。それを食べる人や使う人のことを思い浮かべて、ひとつひとつの作業を愛情を持ってやっていくの。それだけで、料理はおいしくなるし、縫物だって上手になるのよ』

何度もそう言われてきた私は、きっとその言葉が染みついているのだと思う。大叔母さんが私に伝授してくれた精神が。

十歳の頃に作ったみーくんにあげた指輪は、みーくんの毛の色に合う、オレンジっぽい茶色を配色のメインにしたのを覚えている。

昨晩徹夜して完成させたガラスドームのネックレスは、伽羅ちゃんのことを考えて、リアルに金魚が泳いでいるように見えるまで何度も作り直した。

そんな風に誰かのために思いを込めて作るアクセサリーが、呪いを解くカギになる？

「つまり、私が自分の意思で、今回みたいにあやかしの問題を解決することができれば、自動的に呪いが弱まっていくってことですか？　そして、私の作るアクセサリーが、その手段になる」

「はっきりとそうは申し上げられませんが、伽羅のケースを見る限り可能性はあると思います」

可能性があるだけで十分だ。だって昨日までは、呪いを解く方法なんてないと思っていたのだから。

「やる！　私のアクセサリーにそんな力があるのなら、頑張って作る！　そして呪いを解く！　絶対に離婚する！」

拳《こぶし》を突き上げて、私は一大奮起する。

絶対に成し遂《と》げてみせる。命と平穏な日常のために、必ずや化け猫の総大将と離婚してやるんだから！

「茜、大丈夫だよ」

そんな私の肩に、ポンと優しく手を置き、常盤がいつもの掴《つか》みどころのない微笑みを向けてきた。

「僕は今時の考えを持っているからね。妻に内助の功など求めないよ。君は君のやりたいことをやればいい。お互いの意思を尊重しながら高め合うのが今時の夫婦のあり方だろう？　僕は総大将の務めを果たし、茜はアクセサリーを作る。なんと素晴らしい夫婦だろうね」

「あの……話聞いてました？　そういうことじゃないですから」

本当になんでこのあやかしは、自分に不都合な話はスルーするのだろう。

コミュニケーション能力に問題ありすぎの総大将なんて、大丈夫なのかな、化け猫の世界は。

「……ねえ。常盤お兄ちゃんと離婚するの？」

今まで、お絵描きにいそしみ、話に加わっていなかった伽羅ちゃんが、突然近寄ってきて浅葱さんの着物の袖《そで》を引いた。少し不安げな顔をしている。

「茜様はそれを望んでいるのだよ。私はおふたりには仲良くしてほしいけどね」

「ふーん……」

仏頂面《ぶっちょうづら》をして私を眺める伽羅ちゃん。

金魚のアクセサリーは気に入ってくれたみたいだけど、私自身は嫌われたままなのかな。なんて、残念に思っていた私だったが。

「別に私は、離婚しなくていいと思うよっ」

早口でそう言った後、再びクレヨンを取って画用紙に向かう伽羅ちゃん。よく見ると、画用紙いっぱいに、私がプレゼントしたペンダントが描かれていた。ガラスドームの周りに、ピンクや赤のハートが無数に散らされている。

「伽羅ちゃん……」

人間を、私のことを全否定だった伽羅ちゃん。だけどあの金魚が泳ぐガラスドームのペンダントは、彼女の頑《かたく》なだった心を幾分溶かしたようだった。

浅葱さんは目を細めて、愛する妹の姿を見て微笑んでいた。

――だけど……ごめんね、伽羅ちゃん。私はやっぱり。

「さて。入浴も済ませたしそろそろ眠るのだろう、茜。僕が添い寝をしてあげるよ」

「断固拒否します」

「何故だい？　夫が隣にいれば、安心して眠れるだろう。さあ、恥ずかしがっていないで一緒の布団で眠ろう」

「……っ。絶対絶対！　何がなんでも！　私はあんたと離婚してやるんだからー！」

築五十年以上の古びた家中に、決意を込めた私の絶叫が響き渡った。

こうして私は、化け猫の総大将様と離婚をするために、困っているあやかしに向けたアクセサリーを作ることになったのだった。

愛のこもったどらやきのお守り

土鍋で炊いたふっくらご飯に、脂《あぶら》の乗った焼き鮭《じゃけ》、ほうれん草のおひたし、蜆《しじみ》の味噌汁、デザートに旬のカットすいか。

浅葱さんの作る朝食は毎朝完璧だった。化け猫たちとの同居が始まって二週間が経った今、これを味わうことが私の日課になりつつある。

だけど連日徹夜続きのせいか、なかなかご飯が喉を通らない。

「茜様……。顔色が悪いようです。まだ学校がお忙しいのですか？　無理して召し上がらなくても大丈夫ですから」

「あー……。ごめんなさい浅葱さん。ちょっとレポートとテストが続いていて……。でもご飯は食べますよ。こういう時にご飯を食べておかないと、頑張れないですから」

心配そうに言う浅葱さんに、私は無理やり笑みを作って答える。

そう、現在私の通う大学はテスト期間中だった。私が在籍する大学の理学部は、文系の学部に比べてテストやレポートの難易度が高いものが多い。

元々アクセサリー作りが趣味の私は、宝石学に興味があった。しかし、そういった学問を勉強できる大学はなかなか少ない。高校在学中に調べたところ、だいたいが学費の高い私立や物価の高い都会にしかなかったので、諦めるしかなかった。

だからといって、専門学校に進学する気はなかった。何故なら、潰しのきく大卒の資格がどうしても欲しかったからだ。

その結果、私は鉱物について勉強できる地学がメインのカリキュラムとなっている、理学部の地球環境学科に入学したのだった。

もちろん、こんなに課題がきついとは思わなかったと後悔することも多々ある。でもそのたびに、勉強は楽しいし、理系は就職先が見つけやすいのだから、頑張ろうって思い直してきたのだ。

「茜、具合悪いの？　大丈夫？」

心配そうに私の顔を覗き込んできたのは、伽羅ちゃん。

金魚のガラスドームのついたペンダントを渡して以来、徐々に心を開いてくれるようになった。今では一緒にアクセサリー作りを楽しむほどの仲である。

「伽羅ちゃん、ありがとう。大丈夫だよ。具合が悪いんじゃなくて、疲れてるだけだから」

「疲れてるなら、お休みしようよ」

「ううん。締め切り間近のレポートがいくつもあってね。テスト勉強もやらなきゃだし……。テスト期間が終わったら、ちゃんと休むよ」

「ふーん。てすととかれぽーととか、私にはよくわかんないけど……。頑張ってね！」

「うん」

かわいい女の子に励《はげ》まされて、疲労困憊《ひろうこんぱい》の体に栄養が与えられた気がした。

——しかし。

「疲れているのなら、僕が慰《なぐさ》めてあげるのに。息抜きに後で僕の部屋においで」

「行きません」

毎度毎度の常盤とのやり取りに、伽羅ちゃんのおかげで少し上を向いた気分は一気に急降下である。

毎日よくこうもめげずに言ってくるよなあ、この総大将様は。

なんて、呆れていたところ、壁にかけられている振り子時計が八時を知らせた。

「まずい！　もう行かなきゃ！　バスに乗り遅れちゃう！」

大学のキャンパスがある市街地を経由するバスは、一時間に一本しか通っていないのだ。これを逃したら九時から始まる一限目の講義に間に合わなくなってしまう。

　私は残っていた朝食をかき込んでなんとか完食すると、「茜様、お気をつけて」「いってらっしゃい愛する妻よ」なんていうあやかしたちの言葉を背に、バス停へと向かったのだった。

＊＊＊

「茜ー、おはよ……って、あんた隈《くま》すごくない⁉　大丈夫⁉」

「ああ、円華《まどか》……」

　講義が始まる直前の講義室で、いつものように私の隣に座ってきた親友の円華が、私の顔を見て驚く。

　円華とは同じ学科で、入学式の時に隣に座ったことがきっかけで仲良くなった。

　彼氏が欲しいを口癖にしている円華は、いつも濃すぎず薄すぎないメイクをして、髪の毛もきれいに巻いている。

　常にかわいらしさを心がけている円華には、感心しかない。

　しかし、「彼氏を作りたい！」という気持ちが強すぎる彼女は、残念なことに恋愛事では空回《からまわ》りすることが多いみたいだ。

私に対する時のように、男性の前でも気さくであっさりとした物言いをしていれば、今よりもモテそうなのにといつも思う。

だけど円華は、「殿方にはかわいこぶらなければいけない」という妙な思い込みがあるらしく、男性の前で声のトーンを上げたり、上目遣いで見たりを改めない。

「また徹夜したのー？　テスト期間はいつもそうだよね、茜」

「だって、今回テスト範囲えげつないじゃん……。レポートだって多いしさあ。なんで円華はいつも余裕そうなの？」

「私は普段からいろいろ勉強してるもん。茜は普段勉強せずにアクセサリー作りばっかりやってるから、そんなことになるんだよー。生活費のためのアクセサリーだけなら、そんなに時間かけなくてもいいんでしょ？」

愚痴《ぐち》を言う私に、円華は呆れ気味に笑う。

根がまじめな円華は、私のようにテスト期間になってひーひー悲鳴を上げることはなかった。円華の作るノートは、テスト前の私の必須アイテムになりつつある。

「だって、作るのが楽しくて……。それに、これからはもっといろいろ、創作を頑張ろうと思ってるし」

「え？　もっと頑張るって、アクセサリー作りを？」

思わず呟いた私に円華が眉をひそめて突っ込んできた。

「あ、ううん。なんでもない」

私は慌てて話を逸らそうとする。

あやかしだの化け猫だのという話は、円華をはじめ一切誰にも言っていなかった。ちゃんと説明すれば円華は信じてくれるとは思うけれど、常盤と彼女を関わらせたくない。

それに「図らずも化け猫の総大将の妻になってしまったことで、他のあやかしから狙われることになっちゃったんだ。助かる方法は妻として守られて生きるか、離婚するかしかないんだよね」なんて言ったら、面倒見のいい円華は心配のあまり卒倒してしまうかもしれない。

まあ、私としては妻として守られる生涯なんて御免だから、当然離婚を選ぶわけだけど。

呪いのせいで、簡単に離婚ができないのが難点である。

呪いを解いて離婚をするには、私の作ったアクセサリーであやかしの問題を解決する手助けをしなければならない……ということが、紆余曲折《うよきょくせつ》の末にわかったのはよかったけれど、前途は多難。

化け猫の総大将である常盤のもとには、日々、悩みを抱えた化け猫たちが相談に訪れていた。

離縁を目指す私としては、その中に自分が解決できる悩みはないかと、できるだけ常盤と一緒に彼らの話を聞くようにしている。

しかし、持ち込まれる相談事といえば、たい焼きを頭から食べるかしっぽから食べるかで妻と揉めたとか、またたび酒を飲みすぎる父親が毎晩絡んできて困るとか……本気で悩んでいる様子の彼らには悪いけれど、正直、近所の井戸端会議で聞くような内容ばかりだった。

意外だったのは、持ち込まれるどんな些細《ささい》な悩みにも、常盤が丁寧に答えてあげていたことだ。彼が、たい焼きの食べ方について「その時によるが、たい焼きは頭からの時が七割くらいだな」なんて、真面目に答えていた時など感心してしまった。

でも私のアクセサリーが役立つような相談事はなく、早く呪いを解いて離婚したい私としては内心複雑だった。

それに、悩みを相談しに来た化け猫ならまだいいとして、中には相談とは名ばかりで総大将の妻と正式に認められた私の顔を拝みに来ただけの連中もいた。

そんな相手が訪れるたびに、常盤はここぞとばかりに私を見せびらかすのだ。

あげく「これが僕の妻の茜だよ。ほら、世界一かわいいだろう！」とか「茜は美しい上にとても優しく、そして賢い。僕の妻としてこれ以上の人はいないよ」だなんて、大それた褒《ほ》め言葉を並べ立てる始末。

自分のことをどう好意的に見ても、世界一かわいいとは到底思えないし、美しく優しく賢いなどという人間でもないので、常盤が私を自慢するたびに、いたたまれない気持ちになってしまう。

常盤に話を振られた化け猫たちだって「世界一かわいい……？」なんて言いたげに首を傾げていたけど、総大将の言葉は否定できないのか、「そ、そうですね」と顔を引きつらせて頷いていた。

「あの……。ああいうこと言うの、やめてくれないかな？」

さすがにいろいろ耐えられず、私は常盤にそう頼んだのだけど……

「どうしてだい？　すべて本当のことじゃないか」

常盤から、笑顔でスルーされてしまった。

どれだけ拒絶しても、毎日甘い言葉を囁《ささや》いてくるし、離婚したいという私の思いもいまだ全く意に介していない様子だ。

あー、もうイライラが収まらない。この苛立ちのせいで、テスト勉強にも身が入らなかった気がする。

「あ、茜……？　どうしたの怖い顔して」

「えっ……。な、なんでもないよ」

常盤への苛立ちがいつの間にか顔に出ていたらしい。円華が怯《おび》えたような顔をしてそう言ったので、私は慌てて笑みを作り取り繕《つくろ》う。

とりあえずあやかし関連のことは一旦忘れて、今はテスト期間とレポートの山を乗り切らないとなあ。

気持ちが重くなっていると、円華がパッと瞳を輝かせた。

「ねえねえ！　今日でふたつテストが終わるじゃん。少しは楽になるよね？」

「え、まあ。まだいくつか残っているけど、一段落って感じだね」

今日のテストは、範囲が広い上に難易度も高く、山場のひとつだった。

円華の言う通り、今日のテストを乗りきれば、肩の荷が半分くらいは下りるだろう。

「それならさあ、息抜きにちょっと付き合ってほしいところがあるんだ」

「え、どこ？」

「仙名《せんな》神社って言う、この近くの神社だよ。縁結びの神様がいるらしくて、最近噂になってるんだよー」

興奮した様子で円華が言う。彼女は常に恋人を欲しているけれど、私の知る限り、そのような存在が彼女にいたことはなかった。

「とうとう神頼みってわけ？」

「何よー！　ご利益があるって有名なんだからね⁉　神社で参拝してから告白したらうまくいったとか、合コンに好みの人が来て連絡先を聞かれたとか、そんな話がいっぱいあるんだからー！」

からかうように言うと、円華は頬を膨らませて、仙名神社がいかに効力があるかを熱弁してきた。

「ふーん……」

気のない返事をしつつも、ふと考える。

神様ってあやかし関係にもご利益があるのだろうか？　もしそうだとしたら、私としても、「この状況をなんとかしてもらえませんでしょうか」とぜひお参りしたいところだ。

「うん、行ってもいいよ。確かに、最近レポートだテストだーって、疲れてたから気分転換したいし」

「そうこなくっちゃ！　じゃあ四限目が終わったら行こう！」

そうして私たちは四限目のテスト後に、キャンパスから徒歩三分程度の距離にある仙名神社へと向かった。

二限目と三限目のテストの手ごたえがあまりよくなくて、少し憂鬱《ゆううつ》な気分だったけれど。

「へえ、大学の近くにこんなところがあったんだね」

入り口に構えられた朱色の鳥居を見上げる。円華の話だと、神主が不在でこぢんまりとした神社とのことだけど、鳥居の奥を覗くと拝殿の前には何人もの人が列をなしていた。

「きっと噂を聞きつけた人が来たんだ！　私も早く拝まなきゃー！」

興奮した様子で列の最後尾に向かって駆け出す円華。私は乾いた笑みを浮かべながら、彼女の後に続こうとして、思わず足を止めた。

参拝を済まして通り過ぎていった女性の様子が、明らかにおかしかったからだ。

「足りない……。もっとたくさん……お供え物を……」

うわ言のようにそんなことを言う女性は、焦点の定まらない虚《うつ》ろな目をして、ふらふらと覚束《おぼつか》ない足取りで歩いていた。その異様な姿に私は息を呑む。

彼女は意思のないゾンビのような様子で鳥居の外へ出ていった。

——あの人、大丈夫かな？

お供え物をたくさんって、よっぽど結びたい縁があるってこと？

あの女性についていろいろ思考を巡らせていた私だったが、次にお参りを終えた人の様子を見て再び愕然《がくぜん》とする。

「食べ物……いっぱい……持ってこなきゃ……」

今度は男性だったが、やっぱりさっきすれ違った女性と同じような様子だった。

よく見ると彼の後ろにも、同様に虚《うつ》ろな表情で何やらぶつぶつ言いながら歩いている人が何人も見える。

何これ。絶対におかしい。

私は慌てて、列に並んでいる円華の元へ駆け寄る。

「円華！　この神社何か変だよ！　ねえ、お参りやめて帰ろう⁉」

円華の肩を掴《つか》んで、私はそう訴えた。

——しかし。

「…………」

彼女は私の呼びかけには一切反応せず、先ほど見た人たちと同じように、感情のない瞳で拝殿の奥を見ていた。

「円華！　円華っ⁉」

何度名前を呼んでも、円華は一切反応しない。そしてそのまま円華がお参りする番がきた。

そこには、異様な光景が広がっていた。お賽銭箱の後ろのスペースに、お供え物らしいお菓子の箱やお惣菜のパックが、これでもかとうず高く積まれていたのだ。

――何これ……？

しかし円華は、それを不思議に思うことなく、二礼二拍手一礼という神社の作法を律義に守ってお参りをすると、くるりと踵《きびす》を返し鳥居に向かってふらふらと歩き出す。

「食べ物……買ってこなきゃ……」

さっき通り過ぎて行った人たちと一緒だ。ここにお参りした人がみんな、食べ物をもっとたくさんお供えしなければといったことを、ぶつぶつと呟いている。

まるで何かに取り憑《つ》かれているかのように。

その別人みたいな様子に、私は思い当たることがあった。

以前、妖気に取り憑《つ》かれていた時の充を彷彿《ほうふつ》とさせる。我を失い、普段の性格とはまるで違う振る舞いをしているところが、似ていると思った。

一体何故……？　ここは縁結びの神様が祀《まつ》られている場所のはずなのに。

ざっと周囲を見回したら、鳥居をくぐった人たちは、みんな様子がおかしくなっているようだった。

どうして私は正気を保っていられるのだろう。

「……茜」

鳥居から出たところで、今まで私の言葉に全く無反応だった円華が、ぼそりと私の名を呟いた。正気に戻ったのかと、思ったのも束の間。

「あんたも早く、たくさんの食べ物を用意してお供えするんだよ……。私はコンビニで買ってくる……」

私の方を見ずに、そう言った円華は、ゆっくりとした動作で歩いていく。

「円華！」

私は円華の細い二の腕を掴《つか》み、なんとか元に戻そうとした。しかし先ほどまでのゆっくりとした動作とは打って変わり、彼女は勢いよく私の手を振り払った。

「邪魔しないで！」

殺気だった目を私に向け、拒絶の声を上げる。

その剣幕に、私は喉の奥で悲鳴を上げて、その場に立ち尽くす。

今彼女の行動を阻止したら危ない……そう思えてならないほど、円華は私に憎悪の感情を向けてきた。

彼女は呆然とする私には目もくれず、のろのろとした足取りで去って行った。

＊　＊　＊

――一体円華はどうしてしまったのだろう。私は自宅へ向かうバスの中で悶々《もんもん》としていた。

円華だけではない。あの神社を参拝した人たちは、みんながみんなおかしくなっていた。

何かに憑《つ》かれたような親友が気になるが、警察に相談したところで相手にはしてもらえないだろう。はた目には、ただ信心深いだけに見えるかもしれない。

あの後、追いかけた円華は、コンビニで食べ物をかごいっぱいに購入して、それを仙名神社へお供えに行っていた。

私が何度呼びかけても無反応だし、行動を制しようとするとぶちギレられて埒《らち》が明かず、とりあえず別れて帰ってきたのだ。

しかし、私はひとつの仮説を立てていた。

あの現象は、人間ではない何か――例えば、あやかしとかが引き起こしているものなんじゃないかって。

少し前ならばそんなこと全く想像もしなかったけれど、化け猫たちと過ごすようになった今なら、自然とそう思える。

彼らは人間では想像もつかないような、不思議な力を持っている。だったら、神社に来た人たちを、なんらかの理由で操ることもできるのではないか？

そんな考えに行きついた私は、非常に癪《しゃく》だけれど常盤に相談することにした。

バスが最寄りの停留所に到着し、急いで自宅へ向かう私。

門をくぐって敷地内に入ったところで、うちに居候《いそうろう》する化け猫三人と、見慣れないひとり……いや一匹が庭に集まっているのが目に入った。

「常盤様ー！　お願いですニャ！　私の主《あるじ》、京緋《きょうひ》様を正気に戻してくださいニャ！」

二本足でしっかりと立って語尾が「ニャ」の人間語を話しているのは、橙色《だいだいいろ》の着物を着た白黒のブチ猫だった。着物の裾《すそ》から、長い尻尾《しっぽ》がにょきっと生えている。

え、何この生き物。か、かわいい……

かわいらしい猫が立って言葉を話している。その姿がなんとも愛らしくて、私の胸がキュンとしてしまった。

「ただいま！　お客様？」

何やら話していたらしい四人……じゃなく、三人と一匹の元へと駆け寄りながら、そう声をかける。

「ああ、かわいい茜。お帰り」

「学校お疲れ様です、茜様」

「茜おかえりー！」

いつものように、常盤、浅葱さん、伽羅ちゃんの三人が私を出迎えてくれた。その様子を見て、ブチ猫は驚いたように目を見開く。

「ニャ⁉　に、人間……⁉　常盤様、もしや、この方が噂の……⁉」

「ああ、僕の愛する妻さ。かわいいだろう」

「………」

恥ずかしげもなく口にする常盤の言葉を、全力で否定したかった。

しかし離婚が成立していない現在は、あやかしの法令上こいつの妻なので、私は何も言わずに仏頂面《ぶっちょうづら》を浮かべる。

「やはり！　茜様とおっしゃるのですニャ！　私は薄柿《うすがき》と申しますニャ！　以後お見

知りおきをっ」

薄柿と名乗った白黒のブチ猫は、私に向かって深々と頭を下げた。

「そ、そんなにかしこまらなくて大丈夫ですよ」

総大将の妻という立場は、いまだによくわからないし、離婚を目指している身としては、あまりにへりくだられると複雑な気持ちになってしまう。

私がそう言うと、薄柿さんはゆっくりと顔を上げた。見た目は本当に普通の猫と同じなのに、立って歩いて人語を話している以上、彼も化け猫なのだろう。

「茜様。薄柿は自分の仕える主《あるじ》のことで相談に来ていたのです。ちょうど今から内容を詳しく聞くところだったのですよ」

浅葱さんが説明してくれる。ここに常盤たちが居座るようになってから、こういったことは日常茶飯事なので、すでに私も慣れつつあった。

総大将は化け猫たちを統治する存在だから、猫たちの間で厄介事や争い事があった場合、それらを解決へ導かなければならないのだという。

総大将は、ただその座に胡坐《あぐら》をかいているだけというものではないようだ。

相談件数もそれなりに多く、組織のトップはどこもやっぱり大変なんだというのが、最近の私の認識である。

「はいニャ……。もう我々の力ではどうにもならず、総大将のお力を借りに来た次第でございますニャ……」

かわいらしい三角の耳を折り曲げて、シュンとした様子で薄柿さんが言う。そんなブチ猫に、常盤は身を屈《かが》めて視線を合わせながら尋ねた。

「それで、君の主《あるじ》に何があったんだい？」

「我が主《あるじ》、京緋様は、神社に祀《まつ》られている猫神なのですニャ」

「猫神……って、神様のこと？　え、総大将って神様よりも偉いの？」

なんとなく神様の方が偉いような気がしていた。思わずそれを口にした私に、常盤は不敵に笑って答えた。

「当然だよ。僕はすべての猫を統治する立場だからね。猫神だって、大きなくくりで言えば化け猫の一種なんだよ」

「へえ……」

総大将って、本当にすごかったんだ。

「猫は古くから人間にとって身近で、生活に根付いているよね。愛玩動物としてはもちろん、昔話や古い書物の中にあやかしとして出てきたりもする。そうした中でも、何がしかの力を持った猫は、化け猫と称されることが多いんだよ。あやかしと恐れられる猫も、神として祀《まつ》られる猫も、人間が勝手に区別した呼び方でしかないのさ」

「はあ、なるほど」

つまり化け猫の総大将は、猫と呼ばれるものすべての頂点に立つ存在であるということらしい。

「普段の京緋様は、参拝者の願いを広く叶えようとする心優しい猫神でしたニャ。ところが最近、京緋様の奥方様が急逝されて、そこから、様子が変わってしまったのですニャ」

「奥さんが……」

病気や寿命など、なんらかの前触れがあってのことなら、まだ多少は心構えができるかもしれない。だけど、愛する人が突然いなくなってしまったら、受けるショックも大きいはずだ。

私の胸に、両親を失った時、大叔母さんと離れなければいけなくなった時のことが蘇《よみがえ》ってきた。

愛する伴侶を失うのとは少し違うかもしれないけれど、家族を突然失う辛さなら私も知っている。あの時の深い喪失感と、世界が終わったみたいな絶望感は、思い出すだけで今も心が締め付けられる。

「奥方様が亡くなられた後、京緋様は何故か四六時中、食べ物を欲しがるようになってしまいましたニャ。しかも神通力を使って、参拝者に食べ物を持ってこさせるように洗脳し、ひたすら食べて食べて食べまくっているのですニャ。そのせいで、美しかったお姿は見る影もなく、ただの巨大なデブ猫になってしまったのですニャ……」

——ちょっと待って、それって……？

参拝者に食べ物を持ってこさせるように洗脳って、まさか。

「もしかして、薄柿さんの主《あるじ》のいる神社って、仙名神社のこと⁉」

私の言葉に、薄柿さんはきょとんとした顔をする。

「さ、左様でございますニャ。何故わかったのですニャ？　……はっ！　これが総大将様の奥方のお力ですかニャ⁉」

「そうとも。我が妻は非常に優秀なのだよ。そしてかわいい」

「……違うから。たまたま今日そこの神社に行っただけだから」

よくわからないうちに祀《まつ》り上げられそうになっていたので、私はきっぱりと偶然であることを告げる。

「友達が縁結びの神社にお参りに行きたいって言うから、付き合ったの。そうしたら、お参りの前後くらいから様子がおかしくなって。ちょうど、そのことについて常盤に相談しようと思ってたんだけど」

私がそう言うと、常盤はじっと私を見つめて、嬉しそうに微笑む。

「おお、茜が僕を頼ってくれるとは。やっと素直になったんだね」

「違う。友達が心配なだけだから」

隙を見せるとすぐにそういう方向へ話を持っていく常盤を、私はいつものように冷たくあしらう。もちろん彼は、少しも気にする様子はない。

「とりあえず、一度京緋の様子を見に行ってみよう」

「と、常盤様！　ありがとうございますニャ！」

「仙名神社だったね。ここからだと……北西の方向か。茜が通っている大学の近くだね」

「うん。ここからだと結構遠いけど。どうやって行くの？」

頭に浮かんだのは、いつも通学に使っているバスだけど、あやかしの常盤は人間の公共交通機関を利用したりするのだろうか。

まあ、見た目は和服姿の人間にしか見えないから、料金を支払えば普通に利用できると思うけど。

「遠いところに行く時は、変化《へんげ》をして行くんだよ。ちょっと体力を消耗するから、そう頻繁《ひんぱん》には使わないのだけどね」

「変化《へんげ》……？」

私が首を傾げると、常盤が右手のひらをゆっくりと空にかざした、次の瞬間。

「わ！」

眼前に現れたのは、大型のトラほどある巨大な三毛猫だった。見覚えのある柄と毛並みは、紛れもなく、みーくん――常盤に間違いなかった。

顔をうずめたくなるようなふわふわのお腹、ぷにぷにとした巨大な肉球。

――くっ。正直、かわいいと思ってしまった。

ビッグサイズの三毛猫なんて、猫好きの願望を具現化したような存在ではないか。

「この姿なら、妖力で空を飛べるから目的地までひとっ飛びさ。あ、普通の人間に姿は見えないから、騒がれる心配もないよ」

ふさふさの尻尾《しっぽ》を機嫌良さそうに揺らしながら常盤が言う。

――この姿の常盤なら、ずっと一緒にいてもいいかも。

なんて一瞬思ってしまったが、私は慌ててその考えを打ち消す。いくら見た目がキュートだからって、中身はあの常盤である。惑わされたりしない。

「さあ、茜。僕の背中に乗って」

常盤が四つん這《ば》いの姿勢になるなり、私にそう言った。

「え……？」

「君も行くんだろう？　友達が関わっているから気になるだろうし。背中に乗っていれば、僕と同じように人間からは見えなくなるから安心していいよ」

確かに、円華のことが心配だった。それに、薄柿さんの話を聞く限り、他にも大勢の人たちが京緋さんの神通力で洗脳されているらしいのだ。

一刻も早く、その人たちを正気に戻さなくてはならない。

――それに。

大きなふわふわ猫の上に乗って空を飛ぶ。そんな魅力的な提案に、乗らないわけがなかった。

「わ、わかった。しょうがないから一緒に行ってあげる」

喜んで「乗りたい！」などと言ったら常盤が調子に乗るのが目に見えているので、私はあえて渋々といった調子で言った。

「よし、それじゃあ背中に。そうそう、しっかり掴《つか》まってね。抱きついてもいいよ。胸を押し付けるように」

「抱きつきません」

常盤の背中によじ登り、背中の毛を手で掴《つか》む。ふわふわの背中に抱きつきたい衝動を、すんでのところで堪《こら》えたのは秘密である。

私の後ろには常盤に促《うなが》された薄柿さんが乗った。

「常盤様、茜様、薄柿様。お気をつけて」

「いってらっしゃーい！」

「うん、ちょっと行ってくるよ」

「いってきます！」

「浅葱さん、ありがとうございましたニャ！」

浅葱さんと伽羅ちゃんにお見送りされた直後、常盤の体はゆっくりと空へと浮遊した。

「うわっ、高い……」

結構な高度まで常盤の体が浮かび上がり、私は青ざめる。猫に乗る楽しさばかりを考えていて、自分が高いところが苦手なことをすっかり忘れていた。

「少し飛ばすよ。茜、薄柿。ちゃんと掴《つか》まってるんだよ」

「……うん」

「はいニャ！」

常盤に弱みを見せたくない私は、平静を装《よそお》って返事をした。しかし、かなり高い空の上を雲をかき分けて縦横無尽に駆けていく常盤の背中は、私にとっては絶叫マシンと変わらなかった。

恐怖心に負けた私は、結局、常盤の背中に抱きつくことになってしまったのだ。

＊＊＊

「茜、大丈夫かい？」

「…………」

地面にしゃがみ込んで立ち上がれない私を心配し、常盤が優しく声をかけてきた。だけど私は何も言えずに、いまだ立ち上がることができない。

変化《へんげ》した常盤のおかげで、無事に仙名神社に到着することができた。たぶん、時間にして十分程度だったと思う。路線バスだと一時間弱はかかってしまう距離なので、驚異的な速さである。

しかし私にとっては、永遠とも思える長い十分間だった。

なんとか到着まで堪《こら》えたものの、常盤の背中から下りた瞬間、脱力してその場にへたり込むことになってしまったのだ。

「高いところや速い移動が苦手なら、前もって言ってくれたらよかったのに。強がりな子だね」

「……でも、早く神社に着いた方がよかったじゃない」

段々と回復してきた私は、ようやく言い返すことができるようになった。

現在、私たちがいるのは仙名神社の社殿の裏側だ。

常盤が大きな猫に変化《へんげ》している間は人間に姿は見えないとはいえ、変化《へんげ》を解いた瞬間を目撃されたりしたら厄介だ。念のため、人気のないところに着地した。

ちなみに、薄柿さんの姿も普通の人間にはただの猫にしか見えないらしい。私は総大将の妻だから、本来の化け猫の姿で見えるようになっているんだって。

「茜様……ご無理をさせて、すみませんでしたニャ」

情けなく耳を垂らして、申し訳なさそうな声で薄柿さんが言う。私の様子に責任を感じているらしい。

「いやいや、気にしないでください。私も急いでここに来たかったですしね。それに、段々大丈夫になってきましたから」

「そ、そうですかニャ。それならよかったですニャ」

「私のことより、京緋さんのことですよ。相変わらず、たくさんの人がお供え物を持ってきているみたいですね……」

社殿の裏側から、ちらりと表を覗いてみたけれど、大勢の人たちが両手いっぱいに食べ物を抱えて列をなしている。もちろん、みんながみんな虚《うつ》ろな瞳をして。

しかも、さっきよりも人が増えている気がする。

人が多すぎて見つけられないが、きっとこのどこかに円華もいるはずだ。

「京緋様の奥方様が亡くなったのは一週間前ですニャ。それ以来、京緋様の食欲が段々エスカレートしてきているみたいで……。今ではもう、私どもの声も届かない状態ですニャ」

「ふむ……。とりあえず、僕が京緋と話してみよう。総大将を前にすれば、さすがに正気に戻るかもしれないからね」

「お、お願いしますニャ！」

というわけで、私たちふたりと一匹は、神社の表に出た。

拝殿の前では、虚《うつ》ろな目をした人たちがお供え物を置いて拝んでいる。その列に無理やり割り込んだ私たちのことも、全く気にしていない様子だった。

京緋さんに洗脳された彼らは、とにかくここに食べ物を持ってくるという思いで頭がいっぱいなのかもしれない。

「これは、思ったよりも話が通じなさそうだねえ」

いつも余裕綽々《よゆうしゃくしゃく》の笑みを浮かべている常盤が、珍しく困った様子だった。

「え、ここに京緋さんがいるの？　私には何も見えないけど」

「京緋様は奥の本殿の前におられますニャ。目の前のお供え物を、次から次へと口の中に放り込んでおりますニャ」

「ええ、そうなの……？」

薄柿さんの言葉に目を細めて拝殿の奥を見たけれど、私には何も見えない。山のように積まれているお供え物も、全然減っているようには見えないし。

しかし、お墓や神仏に供えた物は、置いた時点であの世や神様のもとへ転送されると聞いたことがある。

私の目に減っているように見えなくても、神様である京緋さんにはしっかり届いているということなのだろうか。

「そうか。茜は普通の人間だから、神の力で自ら姿を消している京緋の姿が見えないんだったね。じゃあ……これで見えるかな？」

常盤が右手をかざすと、手のひらの中に淡い光が生まれ、拝殿の奥が照らされた。

するとそこに、ぼんやりとした巨大な丸い輪郭が段々と見えてきた。

そして、その姿がはっきりと眼前に現れた時、思わず私は息を呑んだ。

「これは……。お、大きい。大きすぎる」

口に手を当てて、呆然としながら声を漏らす私。

目の前にいたのは、鯖《さば》トラ柄の巨大なデブ猫だった。さっき猫の姿に変化《へんげ》した常盤も大きいと思ったけれど、その比ではない。

人間のように座って口の周りや肉球を汚しながらお供えされた食べ物に貪《むさぼ》りついているデブ猫は、おそらく十メートルくらいはありそうだった。

どれだけ物を食べたのか、不自然にお腹が出ている。きれいな虎柄模様の被毛には、あちこちに食べ物の汁やカスがついていた。

このデブ猫が神様だなんて到底思えないような風体《ふうてい》だった。欲望を我慢することができない、自堕落な動物にしか見えない。

「京緋。随分おいしそうだね。僕にも分けてくれよ」

そんな京緋さんに向かって、常盤が軽い口調で話しかける。しかしすべての猫を統治するという化け猫の総大将を前にしているというのに、京緋さんはひたすら食べ物を口に入れるだけで、常盤の方を見ることもしなかった。

「常盤様の話にも耳を傾けないニャんて……。おいたわしや、京緋様……」

懐《ふところ》からハンカチを取り出し、目に浮かんだ涙を拭う薄柿さん。

この猫が、本当は心優しい縁結びの神様だって言うの……？

私は猫神という京緋さんの異様な姿に、呆気にとられることしかできなかった。

「ど、どうしちゃったんですか、京緋さんは。奥さんが亡くなった悲しみで、やけ食いをしてるってこと？」

「まあ、奥方が亡くなったことが関係しているのは間違いないだろうね」

気を取り直したのか、私の言葉にいつものののんびりとした様子で答える常盤。だけど、そんなに悠長に構えてていい状況じゃないよね？　と思ってしまう。

「とりあえず、無理にでも話を聞くしかないだろう」

話なんてできる状態じゃないのにどうやって？　と私が眉をひそめる。すると、常盤は軽く地を蹴って高く跳び上がった。

力んだ様子も、助走をつけた様子もなかったのに、彼は軽々と京緋さんの顔付近まで跳躍する。七、八メートルは跳んでいるだろう。

参拝者が驚かないか心配になって辺りを見回したが、ここにいる人たちはみんな心ここにあらずで、私たちを気に留めている人はいなかった。

常盤は京緋さんの眼前でパンッと手を打った。

すると、無我夢中で食べ物を貪《むさぼ》っていた京緋さんの瞳に意志が宿ったように見えた。

はっとしたように動きを止めた彼の顔に、先ほどまでは感じられなかった理性が垣間見られる。

「……わ、私は何を……⁉　あっ⁉　常盤様ではないですか！」

「やあ京緋、久しぶりだね。一体全体どうしたというんだい？　こんなに食べ物を食い散らかして」

常盤は京緋さんに対して何か術でもかけたのだろうか。

先ほどまでは誰の声も届かなかった京緋さんが普通に会話をし始めた。

「ニャ！　常盤様の高貴なお力のおかげで、京緋様がご自分を取り戻してくれたみたいですニャ！」

「やっぱりそうなんだ」

伊達《だて》に総大将をやっているわけじゃないんだなぁ。でも京緋さんが正気に戻ったなら、これでもう万事解決なのでは？

「君の心は欲望に取り憑《つ》かれているね。今は僕の力でなんとか正気を保っているが、すぐにまた我を忘れて食べ物を求めるようになってしまうだろう」

京緋さんに告げた常盤の言葉に、私は落胆してしまう。

——今のこの状況は、残念ながら一時的ってことか。

「さあ、話ができる間に教えておくれ。京緋、君に何があったんだい？　君の最愛の妻が亡くなってしまったことは、すでに薄柿から聞いているよ」

「常盤様……面目《めんぼく》次第もございません。実は……」

京緋さんが肩を落としながら語ったのは、次のような話だった。

愛する妻を失ったことはもちろん悲しい。しかし生きとし生ける者ならば、死の宿命は免《まぬが》れない。それは京緋も重々承知している。

だが、自分は毎日妻の手料理を食べて、それを活力としていた。もうあの料理が食べられないと頭ではわかっているけれど、無意識にそれを求めてしまうらしい。

気がついたら、神通力を使って参拝者に食べ物を持ってこさせるように仕向けていた。この世のどこかに、妻の作る料理と同じ味の食べ物があるかもしれない——そう思ってしまったのだ。

「私はまた、妻の味を食べたいのです。どうしても魂《たましい》が、そう願うのをやめてくれないのです。妻の……真緒《まお》の死を頭では理解していても、心がそれを受け入れていないのでしょうね……」

丸々と肥え太った顔で、悲しそうに目を細めて、京緋さんが力なく言った。

「そっか……。奥様が突然お亡くなりになって、今も心の整理ができずにいるってことなのかな」

「なるほど」

私の言葉に常盤が頷く。

「奥方は、料理の作り方を記録してはいなかったのだろうか？」

「そっか！　レシピノートがあれば！」

真緒さんの味の再現ができれば、京緋さんの心も落ち着くかもしれない。

常盤のくせに、なかなかいいことを思いつくではないか。

と、一縷《いちる》の希望を見出したのも束の間。

「実は、京緋様と話が通じなくなってからしばらくした時、私も同じことを思いついたのですニャ」

薄柿さんが浮かない顔をして、会話に入ってきた。

「真緒様はノートにレシピを事細かにまとめていたので、料理上手な者にレシピ通りに作らせてみたのですニャ。でも、ダメでしたニャ。微妙な火加減や調味料のわずかな差かもしれませんニャ。京緋様は『違う！』と叫ばれて、皿をひっくり返してしまわれましたニャ。何度かチャレンジしましたが、毎回京緋様は受け付けてくれませんでしたニャ」

「薄柿……。私はそんなことをしていたのか。お前にも迷惑をかけたな」

薄柿さんが用意した料理を食べた時は、すでに京緋さんは我を失っていたのだろう。すまなそうに太った猫神様は言う。

正気に戻ってからの言動を見る限り、京緋さんが普段は心優しい神様であることを信じることができた。

「味を似せるだけじゃきっとだめなんだと思う……。きっと京緋さんを想う真緒さんの愛情が、料理に込められていたはずだから」

相手のことを想って作れば、味覚で感じる以上の美味しさを、相手に与えることができる。

大叔母さんがよく言っていた。

料理もアクセサリーも、作る時はひとつひとつの工程に愛情を込めるんだよって。

私は今でも、その言葉を大切にしている。

そしてきっと、真緒さんも同じなのだろう。

「僕たちのように、京緋と真緒も愛し合っていたんだね」

「……は？」

大叔母さんとの大切な思い出に浸《ひた》っていた時に、事実と違うことを言われて、つい常盤を睨《にら》みつけてしまう私。

しかし私の不機嫌全開の声にも、常盤はどこ吹く風である。

「だがそうなると、僕たちにはどうすることもできないな。真緒はもうこの世にいないのだから、京緋が満足する料理を用意することはできないということになる」

「じゃあ、京緋さんのことはこのままにしておくってこと？」

この状態のまま放置ということになると、非常に困る。洗脳された人間たちはどうなってしまうんだ。何より、円華を正気に戻してもらわないといけないのに。

それに、京緋さんがずっと亡くなった奥さんを求めて苦しみ続けるなんて、なんだかかわいそうだ。

私の問いに、常盤はかぶりを振った。

「もちろん、人間に迷惑をかけ続けるわけにはいかないよ。僕はあやかしと人間の共存を目標に、化け猫の総大将になったのだから」

「そうなの？」

いつになく真剣な声音で常盤が言ったので、私は思わず彼の顔を見た。彼は京緋さんを、目を細めて見つめていた。

「人間を憎むあやかしはいる。けれどね、古くから人間と共存してきた僕たち化け猫は、基本的に人間に好意的な者が多いんだよ。僕も人間が大好きだ。なんたって、愛する茜は人間なのだから」

「ふ、ふーん……。そう」

常盤から熱烈な好意を向けられることには、だいぶ慣れてきていた。しかし、こういう風に真剣に説明されると、戸惑ってしまう。

「猶予《ゆうよ》は明日までだ。明日の正午までに、京緋がこの行動を改めなければ、猫神から下りてもらう」

朗々たる声でそう宣言した常盤は、やっぱり化け猫を統治する総大将なんだと、私に思わせた。

うなだれた京緋さんは、「わかりました」と力のない声で答えた。

その様子は、今は常盤の力でなんとか理性を保てている自分が、すぐにまた食欲に取り憑《つ》かれてしまうことがわかっているようだった。

そんな京緋さんの様子を静かに見届けた常盤は、地面へと降り立った。

「ま、待ってくださいニャ！　京緋様は、もう四百年もここで猫神をしておられますニャ！　地元の民にも慕われる存在ですニャ！　どうか、猫神から下りるのだけは！」

そんな常盤の足元にすがってきたのが、京緋さんを慕う薄柿さんだった。

彼は涙目になりながら、必死に主《あるじ》へ宣告された内容の再考を求める。

――しかし。

「気持ちはわかるけれど、人間に自分の意思とは関係ない金銭を使わせ、無理やりお供え物を持ってこさせている。そんな者を神としておくわけにはいかないよ。妻を亡くしたことには同情するが、明日の正午までに元の京緋に戻っていなければ、位の返上の儀式を行う」

薄柿さんに対しての口調は優しくはあったけれど、その言葉には常盤の強い意志が感じられた。

同情や哀れみで、常盤が京緋さんの処分を甘くすることはなさそうだった。

「そんニャ……」

ぺたりと耳を下げた薄柿さんは、長い尻尾《しっぽ》を地面へ力なく垂らす。

きっと彼も、常盤の言葉が正しいことを重々承知しているのか、それ以上は何も言ってこなかった。

「さて。そろそろ京緋の理性も切れる頃だ。茜、僕たちは家へ戻ろう」

「う、うん」

後ろ髪を引かれるような思いだったけれど、私にも解決策は全く思いつかなかったので、素直に頷く。

すると常盤が社殿の裏へと向かった。それに続いて歩き始めた私だったけれど、京緋さんの苦しそうな様子を思い出して、思わず足を止めてしまった。

「茜?」

立ち止まった私を不思議に思ったのか、振り返った常盤が私の顔を覗き込んできた。

「ねえ。京緋さんが猫神の位から下りたら、どうなっちゃうの?」

「化け猫は位を失うと、ただの猫になる。君がいつも道端で見ている野良猫や、人に飼われている家猫と同じだよ」

「ただの猫に……」

猫神様が、ただの猫に。

薄柿さんの話だと、とてもいい神様だったらしいのに。

なんだか、やるせない気持ちになった。

確かに今の京緋さんの状態はとんでもないけれど、その状態の根底にあるのは愛する妻を失った悲しみだ。

家族を失い、自暴自棄になった自分と今の京緋さんが重なってしまう。

円華や他の洗脳された人たちのことは心配だけれど、なんとか京緋さんを元に戻すことはできないのだろうか。

「ねえ常盤。もう本当にどうしようもないのかな？　京緋さんを、元の状態に戻してあげることはできないの？」

京緋さんの心の痛みに共感してしまった私は、希望を込めて常盤に尋ねる。

まだなんとかする方法があるのなら、そしてもし、私にできることがあるのならば、全力で頑張りたいと思った。

すると常盤は目を細め、優しい表情で私を見つめた。

その表情を見たら、私の心臓の辺りが変な感じがした。

「……君はやっぱり優しいね。昔より気は強くなったようだが、根本のところは変わっていないようだ」

「え、いや……その」

なんだか調子が狂ってしまい、言葉が出てこなくなる。そんな私を気にする様子もなく、常盤が言った。

「洗脳された人間のことは、あまり心配しなくていい。神通力による洗脳は、数時間で切れる。君の友人も、もうすぐ正気に戻るはずだよ」

「そうなんだ……。よかった」

心配事のひとつが解消され、私は少し安堵を覚える。

すると常盤は私から目を逸らし、遠い目をして虚空《こくう》を見つめた。

「京緋のことは、僕もどうにかできないか考えていたところだよ」

「えっ、そうなの?」

京緋さんや薄柿さんの前では、常盤は厳しい対応をしているように見えた。

京緋さんは人間たちに迷惑をかけているし、常盤の立場的にはああいう判断をするしかないんだろうなと思っていた。でも完全に見捨てたわけではなかったらしい。

トップに立つものの威厳はきっちり示しつつも、陰では優しくフォローすることを考えていたのだ。

私にとって常盤は、いつも何を考えているかわからない存在だった。

だけど今の言動には、不覚にも尊敬の念を抱いてしまう。……ちょっとだけ。

「今の京緋は心の支えになっていた妻の愛――妻の料理を永遠に失い、暴走してしまっている。他に彼の心を癒《いや》す何かがあればいいのだが」

顎《あご》に手を当てて、考え込むように言う。

他に心を癒《いや》す何か、か……

私にできることといえばアクセサリー作りくらいだけど、今回京緋さんが求めているのは料理なのだ。

そんな京緋さんに、私が心を込めて何かを作ったところで、彼の救いになるとは思えない。

――どうすればいいんだろう。

考え込んでしまった私の肩を、ポンと、常盤が叩く。

「まあ、まだ一日ある。私たちに何かできることはないか、僕も考えてみよう」

「……うん」

気持ちに寄り添ってくれるような常盤の言動に、嬉しくなり、私は素直に頷いてしまう。

――はっ。いけないいけない。油断したら、すぐに付け込んでくるんだから。

「そ、それじゃあもう帰りましょ！　遅くなるとみんな心配するし！」

素直になってしまった自分を誤魔化すように私が言うと、常盤は「そうだな」と頷く。そして次の瞬間、彼は化け猫の姿に変化《へんげ》した。

「帰りは安全運転で行くから安心して」

そう常盤に告げられたので、私は再び彼の背中に乗った。

常盤が空に浮かんだ時、社《やしろ》の中にいる京緋さんの姿が見えた。再び我を失ってしまったのか、食べ物をひたすら口に詰め込んでいる。

その光景に、私の心はキュッと痛むのだった。

＊＊＊

化け猫姿の常盤の背に乗って（宣言通り安全運転だった）、自宅まで戻ってきた私は、一旦、明日のテスト勉強をするために自室に籠《こも》っていた。

しかし、京緋さんのことがどうしても気になって勉強に集中できない。

妻の真緒さんが亡くなったことを、心がどうしても受け入れてくれず、彼女の手料理の味を求めてしまう、か。

あんな風に我を忘れてしまうほど、京緋さんは真緒さんに、深い愛情を抱いていたのだろう。そしてきっと、亡くなった真緒さんも。

真緒さんは、毎日心を込めて、京緋さんに料理を作っていたのだ。亡くなった後も、京緋さんがあれほど渇望するのだから。

「茜ー！　今日は耳飾り作りたい！」

机に向かいながら、そんなことを悶々《もんもん》と考えていたら、伽羅ちゃんがそう言いながら部屋へ入ってきた。

伽羅ちゃんとは、たまに一緒にアクセサリーを作って遊ぶことがあった。いつもなら、ふたつ返事で了承するのだけれど。

「ごめんね、伽羅ちゃん。明日もテストがあって、今日も勉強しなきゃいけないんだ」

苦笑を浮かべて答える。まあ実は、机の上にテキストやらノートやらを広げているだけで、全然進んではいないのだけど。

そろそろ勉強に本腰を入れなければまずい。

「そっかあ。残念だけど、わかったよ」

シュンとした様子で伽羅ちゃんが言う。

人間嫌いで、最初は私に悪態をついてばかりだった彼女も、根は素直でとてもいい子だ。さすがは礼儀正しい浅葱さんの妹である。

「うん。テスト期間が終わったら、たくさん遊ぼうね」

「わーい！　髪飾りも作りたいな！　あ、でも茜……そこにお客さんいるのに、放っておいていいの?」

訝《いぶか》しげな顔をして伽羅ちゃんが言う。彼女の視線は、私の斜め上くらいに向けられていた。

「お客さん……?」

「だって茜の隣に、きれいで優しそうな女の人がずっと立ってるよ。お客さんじゃないの?」

「え!?」

慌てて自分の隣を見るけれど、そこには誰の姿もない。しかし伽羅ちゃんが嘘を言っているようにも思えなかった。

何より、そんな嘘をつく理由もない。

——つまり、私には見えない誰かがいる、ということだろうか?

「えーっと、伽羅ちゃん……私には、そのお客さん? の姿が見えないの。伽羅ちゃん、ちょっとどちら様か聞いてみてくれるかな?」

「茜、見えないの? うん、聞いてみる」

私の隣の虚空《こくう》に視線を合わせた伽羅ちゃんは「うん、うん」「それで茜についてきたの?」「そっか、伝えるね」と、本当に見えない誰かと会話を始めた。

そして、一通りその誰かから事情を聞きだしたらしい伽羅ちゃんは、私の方へ向き直った。

「あのね。茜の隣にいる人は、もう死んじゃってるんだって」

「死んじゃってる人……。え、幽霊ってこと⁉」

まさか霊とは思っていなかった私は、思わず青くなった。

幽霊ってまずいんじゃないだろうか。

子供の頃、夏休みにテレビで見た心霊特集を思い出して、思わずゾッとしてしまう。

あれ、でも昔本で読んだ怪談話では、化け猫も結構怖い存在だったような。

もしかして、化け猫も幽霊も大差ない？

「大丈夫だよ、茜。悪い霊じゃないから」

「ああ、そうなんだ……よかった」

伽羅ちゃんは私の心中を察してくれたらしく、そう言った。彼女の説明にほっと安堵する。しかし、どうして幽霊が私の部屋にいるのだろう？

「名前は真緒って言うんだって。京緋っていう人の妻です、って」

「真緒さん、か。え、真緒、京緋……えええええっ！」

私が突然大きな声を上げたので、伽羅ちゃんが耳を押さえて顔をしかめる。

「茜、びっくりするから大声やめてよう」

「ご、ごめん」

謝りながらも、いまだに驚いている私は真緒さんがいるらしい場所を凝視する。

真緒さんがここに……⁉

旦那さんのことを心配して、幽霊になって出てきてくれたのだろうか？

「伽羅ちゃんありがとう！　ちょっと緊急事態だから常盤と浅葱さんのところに行こう！　伽羅ちゃんもついてきて！」

「え、うんいいけど。勉強はもういいの？」

「それどころじゃなくなった！」

私は勢いよく椅子から立ち上がると、廊下を全速力で走り抜け、あやかしたちに貸している部屋へ向かった。

常盤と浅葱さんは、今日は将棋に興じていた。どんどん娯楽が増えていくなあと思いつつ、ふたりに声をかける。

「常盤！　浅葱さん！」

「やあ、そんなに慌ててどうしたんだい？　僕の顔を見たくなったのかな？」

「私の隣に真緒さんの霊がいるって！　伽羅ちゃんが教えてくれたんだけど！」

いつもの常盤の軽口をスルーしながら、私は早口で状況を伝える。

するとと浅葱さんが神妙な面持ちになって立ち上がり、私の傍《かたわ》らにじっと目を凝《こ》らし始めた。

「ここに、真緒様の霊が……？」

浅葱さんが不思議そうな顔をして言う。常盤も彼の隣に並ぶと、「ふむ。伽羅がいると言っているのならいるのだろうね」と、薄い反応をする。

「え、ふたりには見えてないの？」

私の問いに浅葱さんが頷く。てっきり、あやかしならば幽霊が見えるのだと思い込んでいたから、意外だった。

「霊に対する視認性は、あやかしも人間とほとんど変わりませんよ」

たぶん真緒さんが私についてきたのは、仙名神社から帰る時だと思う。

でも、私と一緒に神社から帰って来た常盤は、私の隣にいたはずの真緒さんに気づいていなかった。

「そうなんだ。じゃあ、どうして伽羅ちゃんは霊が見えるんだろう？」

「人間もそうですが、子供は大人よりも、そういったものが見えやすいのですよ。伽羅は特に他より感覚が鋭いですからね」

「へえ、なるほど……」

ということは、伽羅ちゃんがいなかったら、私たちは真緒さんの存在にずっと気がつかなかったということだ。彼女がいてくれて、本当に良かったと思った。

だけどこのままだと、伽羅ちゃんを通訳にしてしか真緒さんとは話せない。

京緋さんのことでついてきてくれたのだろうけど、直接会話ができないのは少し面倒だなあ……と思ってしまう。

――しかし。

「そこにいるのなら、僕の力で可視化は可能だよ。話だってできるようになるはずだ」

「え、ほんと⁉」

「ああ、見ててごらん」

常盤が私の隣に右手をかざすと、手から淡い光が放たれた。彼が力を使う時の、お馴染《なじ》みの光景である。

すると、徐々にぼんやりとした人型の輪郭が現れてきて、やがて桜色の着物を着た美しい女性の姿となった。

「すごい！　見えたよ！」

「まあ、こんなところさ」

得意げに鼻を膨らませる常盤のことはさておき、私は、はっきりと姿が見えるようになった真緒さんを見つめる。

幽霊だからか、彼女は全体が少し透き通っていて、足元は歪《ゆが》んではっきり見えない。さらに、床から数十センチのところで浮かんでいる。

真緒さんは私たちを見て、涙ぐみながらも小さく微笑んだ。

『ああ、よかった。あなた方と話ができるようになって。このたびは、夫が大変なご迷惑をおかけしてしまっていて、申し訳ありません』

深々と頭を下げる真緒さんに、私は首を横に振る。

「真緒さんのせいじゃないですよ」

「君も様子を見ていたからわかるだろうけれど、君の料理が食べたいあまりに、京緋は我を忘れてしまっている。このままなら、京緋には明日の正午に猫神の位から下りてもらわなくてはいけない」

『あの人があそこまで私の料理を求めてくれていることは妻冥利《みょうり》に尽きますが、参拝に来た皆様を巻き込んでいいわけはありません。一刻も早くやめさせなければ』

毅然《きぜん》とした面持ちで真緒さんが言った。たおやかで優しそうな女性に見えるけれど、芯のしっかりした人のようだ。

私はそんな真緒さんの様子を見て、あることを思いつく。

「真緒さんに、もう一度料理を作ってもらうのはどうかな⁉」

真緒さんはすでに亡くなっている。だから、もう二度と京緋さんは彼女の料理を食べることができない——私はそう思っていた。

しかし、幽霊として、彼女が現れてくれた今、その状況は変わったのではないか。

「なるほど……。また欲しがってしまう可能性も考えられますが、やってみる価値はありそうですね」

常盤から京緋さんの事情を聞いていたらしい浅葱さんが、神妙な面持ちで言う。

真緒さんなら、京緋さんが我を忘れるほど切望する料理を作ってもらえる。

だけど……

「幽霊の真緒さんって、調理器具とか持てるのかな?」

「おお、さすが愛する我が妻だ。いいところに気がついたね」

いちいち愛を吐かなくていいから。さっさと話を進めてほしいと思ったけれど、突っ込むと余計時間がかかりそうだからスルーする。

『あ……はい。このままの姿では現世《うつしよ》の物に触れることはできません。ですが、生きている方の体を一時的にお借りすることができれば、料理をすることは可能だと思います。女性の方でないと借りられませんが……』

申し訳なさそうに言う真緒さん。なるほど、彼女が常盤ではなく私についてきた理由がわかった。

きっと彼女は、最初から私の体を借りて、京緋さんに食べさせる料理を作ろうと考えていたのだろう。

「それなら、私の体を使ってください」

それで京緋さんの問題が解決するかもしれないなら、私の体でよければいくらでも使ってほしい。

あ、いくらでもはまずいか。明日はテストだった。

『ありがとうございます……！　確か、茜様……でしたよね』

「はい」

『さすが総大将の奥様ですね。とても懐《ふところ》の深いお方ですわ』

「あー……」

にっこり笑って真緒さんは言うけれど、総大将の妻には納得してなったわけではないので、複雑な気持ちになる。

「茜、大丈夫なのかい？」

早速料理しましょう！　と言おうとした私だったけれど、常盤が私に聞こえるくらいの小声で少し深刻そうに語りかけてきた。

「何が？」

「明日も大事なテストがあるんじゃなかったかい。真緒に体を貸したら、その間は、勉強ができなくなってしまうよ」

なんだ、そんなことか。

いつになく真剣な声で言ってくるから、何事かと思った。

「今はテストなんて言ってる場合じゃないでしょ。たとえ単位を落としたとしても、来年また履修すればいいんだし」

迷わずそう答えた私に、常盤は何故か目を見開いて、驚いたような顔になった。

「え、何……？」

不思議に思って尋ねる。すると常盤は満足げに微笑んで、「そうかい」と言った。

ニコニコと微笑まれて、なんだか落ち着かない気持ちになる。

『あ、あの……。何か不都合なことでもありましたか？』

こそこそ会話する私と常盤に不安を覚えたのだろう。真緒さんが尋ねてきたので、私は笑みを作ってかぶりを振る。

「あ！　なんでもないです！　早速私の体に入ってください！」

『そうですか……？　では、お邪魔致します』

隣でふわふわ浮いていた真緒さんが、今度は私に重なるような位置までやってきた。

ぴったりと、透き通った真緒さんの全身と私の全身がひとつになる。

なんだか変な感じだ……と思っていると。

『うまく体をお借りすることができました』

勝手に口が動き、自分の意思とは関係なく喋《しゃべ》り始めたので驚愕《きょうがく》する。

「え!?　あれ、今の真緒さん!?『……はい、そうです。茜様ありがとうございます』」

まるで　ひとり芝居でもしているみたいに、私の声で真緒さんとの会話が繰り広げられる。

「なんか変な感じだねー」

なんとも言えない顔で私を眺めて、伽羅ちゃんが言う。

ひとつの体にふたつの意思がある。確かに自分でも、少し変な感じがする。

「真緒。事がすんだら、ちゃんと茜の体から離れてくれよ。彼女は僕の大切な奥さんなんだからね」

笑みこそ浮かべているが、珍しく本気で心配しているように聞こえた。

なんで常盤がこんなに私に固執するかは謎だが、一応私の身を案じてくれているということなのだろう。

そう思っていたら、口元が勝手に笑みの形に歪《ゆが》む。

これは私の意思ではないから、きっと真緒さんだろう。

いちゃついている新婚夫婦みたいに思われて、笑われたのかもしれない。

大変遺憾である。

「『はい、もちろんお返し致しますわ』……そんなことより、早く料理を作ろうよ真緒さん！　『……はい！』」

傍《はた》から見たら、ただの独り言のような滑稽《こっけい》なやり取りをして、私は真緒さんと共に台所へ向かったのだった。

＊＊＊

真緒さんは、冷蔵庫と戸棚の中身を確認した後、てきぱきと調理をし始めた。

作るのは、京緋さんの大好物である五目ご飯とカレイの煮付け、お麩《ふ》と三つ葉のお吸い物。そしてデザートに一口サイズのどら焼きまでこしらえるそうだ。

『茜様のお台所には、食材がたくさんあって助かりました』

真緒さんはまな板でにんじんを刻みながら、嬉しそうに言う。

最近では、浅葱さんが手の込んだ四人分の食事を一日三食作ってくれているので、我が家には食材が豊富に揃っていたのだった。

さっきはみんながいる手前、声に出して真緒さんと話していたが、心がふたつ宿っている今の状態なら、口に出して話さなくても真緒さんとの意思疎通は可能だった。

真緒さんに語りかけるつもりで心の中で言葉を思い浮かべると、それが彼女に伝わる。そして真緒さんの声も、私の脳内に自然と響いてくるのだった。

(真緒さんは料理上手なんですね……。毎日食べていた京緋さんが羨《うらや》ましいです)

脳内で会話している間に、次々と料理が形になっていく。お吸い物を煮ている鍋からは鰹出汁《かつおだし》のいい香りがするし、ご飯を炊いている土鍋からもホカホカのおいしそうな匂いのする蒸気がこぼれている。

私は土鍋でご飯を炊くなんて考えたこともなかった。お米はいつも炊飯器に入れてスイッチONだよ。

でも、浅葱さんが毎日土鍋でご飯を炊いてくれるようになってから、ふっくらお焦《こ》げ付きのご飯のおいしさを知ってしまったんだよねえ。

『確かに、毎回「おいしいよ、真緒」としつこいくらいに言ってくれました。でもまさか……私が死んでまでとは思いませんでしたが。本当に、困った人です』

どこか嬉しそうな声音に聞こえたのは、気のせいではないだろう。

京緋さんと真緒さんの間にある真実の愛が見えた気がして、やるせない思いを抱いてしまう。

毎回、ご飯を三回はお代わりすること。出かける時はいつも真緒さんにお弁当を頼んでいたこと。外で食事をしても「おいしいが、真緒の料理には敵《かな》わないな」と口癖のように言っていたこと。

手を動かしながら、真緒さんは京緋さんとの思い出を私に語ってくれる。私は彼女の話に相槌《あいづち》を打ちつつ、ずっとそれを聞いていた。

そして調理開始から一時間半ほど経った頃、すべての料理が完成した。

(うわー、おいしそう……)

目の前に並んだ料理を眺めて、思わず心の中でそう呟いてしまった。

にんじんやしいたけ、鶏肉、ごぼうといった、たくさんの具材と一緒に炊き込まれた五目ご飯は、食欲をそそる香ばしい匂いを放っている。

カレイの煮付けは、ほどよく脂《あぶら》が乗った身にしっかりと味が染みて艶《つや》めいていた。

お吸い物はお麩《ふ》と三葉の彩《いろど》りが鮮やかで、料亭で出てくる汁物のようだ。

かわいらしいミニどら焼きは、皮の隙間からあんこが覗いていて、見ているだけで唾液が口内に溜まりそう。

浅葱さんが作る食事も毎回絶品だけど、京緋さんを想って作られた真緒さんの料理からは、優しい想いが伝わってきた。

これは、京緋さんが忘れられないのも無理はないな。

『できました。……が、あの人のところに持っていくのは明日になるんですよね』

真緒さんが浮かない顔をして言う。

常盤の「明日の正午に猫神の位から下りてもらわなくてはいけない」という言葉を真緒さんは気にしているようで、できれば一刻も早く料理を京緋さんのところに持っていきたい、と話していた。

しかし、常盤によると、それは難しいらしい。

料理が完成する頃には日が沈んでいる。彼が言うには、大晦日《おおみそか》以外は、神は日没と同時に休息を取るため、京緋さんのもとへ行くのはどうしても明日になるそうなのだ。

できたてを持って行った方が良くないか、と私が尋ねたら、妖術によって半日くらいなら、料理をほかほかのまま保存できると言われた。

それでも不安そうな面持ちをしていた真緒さんを、心の中で（大丈夫ですよ。この料理を食べたら、きっと京緋さんもすぐに正気に戻ります！）と励《はげ》ます。

すると幾分か、彼女の表情が和《やわ》らいだように見えた。

そうして、完成した料理は明日、京緋さんに持っていくと決まった。

（明日は、私と常盤も一緒について行きますから）

『ええ……ありがとうございます。しかし、あの食いしん坊の夫が一度きりの食事で満足してくれるか。余計に欲しがる結果にならないといいんですけど』

心配そうに真緒さんが言う。浅葱さんも同じことを懸念していたし、私もそうなるかもなあと思った。

一時的に満足はするかもしれないけれど、余計に恋しくなる可能性は否定できない。

そうなったら元《もと》の木阿弥《もくあみ》だ。

幽霊の事情はよく知らないけれど、きっと真緒さんもここに残って、この先もずっと私の体を借りて料理をし続けるわけにはいかないはずだ。

うーむと思っていると、ふと、どら焼きが目に入った。

一口サイズの、かわいらしいミニどら焼き。

そういえば、最近は、本物に見えるような玩具《おもちゃ》や食品サンプルが流行《はや》ってるって、テレビで観たことがあったなぁ。

そこで私ははっとした。

真緒さんの料理はとても素晴らしいものだけれど、食べたらその場でなくなってしまう。

京緋さんがそのたった一度の食事で正気を取り戻してくれたら万々歳《ばんばんざい》だけれど、もしかしたら一時しのぎにしかならないかもしれない。

だけどもし、京緋さんを思って丁寧に作られた真緒さんの料理を、そのまま残すことができたら？

私の頭に浮かんだのは、どら焼きのマスコット。

それも、本物のどら焼きを加工して作る、リアルなもの。

つまり、真緒さんの愛がそのまま形になったアクセサリーということだ。

「……作ろう！」

思わず、声を出して私は言ってしまった。体内で『ど、どうしました？』という、真緒さんの戸惑った声が響く。

(ああ、すみません。いきなり叫んでしまって。ちょっと、試してみたいことがありまして)

『試してみたいこと?』

(はい。それで、このどら焼き、ひとつ頂けませんか?)

『え、ええ。いいですけど……』

(ありがとうございます!)

私は形を崩さないように、ミニどら焼きをひとつ手に取ると、優しく小皿の上に載せた。

『今食べるのではないのですか？』

私の行動に、怪訝そうな声音で真緒さんが言う。

（はい。うまくいくかはわからないんですけど……）

『茜様の自由にお使いくださいませ』

真緒さんはそれ以上、何も言ってはこなかった。

その後、私の体から離れた真緒さんは、『少し疲れましたので、恐れ入りますが休ませて頂いてもいいですか』と言ってきたので、私の寝室で休んでもらうことにした。

その間に、私は急いでアクセサリーの作業部屋へ向かった。

常盤たちには集中したいからしばらくひとりにしてほしいと告げて。

さて、頑張らなくては。

真緒さんの愛の結晶を、私なりの形で京緋さんに届けるために。

＊　＊　＊

神様の朝は早い。

私は夜明けと共に大きな猫の姿に変化《へんげ》した常盤の背に乗り、仙名神社へと向かった。もちろん、真緒さんも一緒だ。

私のポケットの中には、小さな勾玉《まがたま》が入っている。昨晩真緒さんが作った愛情のこもった料理は、常盤の妖術によって、できたての状態のままこの中に入っていた。

京緋さんの目の前で、常盤が勾玉《まがたま》の中から料理を取り出してくれることになっている。熱々の状態で保存できる上に、お吸い物やカレイの煮つけといった、持ち運ぶのが難しい料理を、こんな形で保存運搬できるなんて。

なんて便利な術なのだろうと、感心した。

仙名神社へ到着すると、まだ早朝だというのにすでに参拝客が長蛇の列をなしていた。もちろん、みんな虚《うつ》ろな瞳でたくさんのお供え物を抱えている。

そして、社の外の賽銭箱の前でひたすら食べ物に貪《むさぼ》りついている京緋さんの姿を見て、私は更に驚愕《きょうがく》するのだった。

「き、昨日より大きくなってない……？」

昨日は少し見上げれば、京緋さんの顔を見ることはできた。しかし今日は、見上げても、彼の猫耳は遠く視界に入ってこない。朝日を背にして、ひたすら食べ物をかき込む姿は、異様そのものだった。

全長十メートルくらいかなあ、と昨日は思ったけれど。今日はその倍くらいはあるんじゃない……？

「と、常盤様ー！　茜様ー！」

呆然とする私と、「かなりまずいね」と呟いた常盤の元に、薄柿さんが泣きながら駆け寄ってきた。

「京緋様が……！　どんどん巨大化していくのですニャ～！　このままでは神通力が暴走して、この姿のまま人間の目にも見えるようになってしまいますニャ～！」

「えっ⁉　見えるようになっちゃうの⁉」

「神は本来高貴な存在だから、人間に簡単に姿を見せないように、力を制御しているんだよ。しかし、京緋はもう自分が神だということも忘れつつある。昨日は一時的とはいえ会話ができたから、まだ理性が残っていたのだろう。だが、今日はもう……」

もう正真正銘、食欲に取りつかれた獣へとなり果ててしまっている。

「このままでは、そのうち参拝者も食べてしまうかもしれないね」

「ええ！　人を食べちゃうの⁉」

「猫は本来肉食だからね。理性を失った化け猫にとって、人間が食べ物に見えてもなんら不思議ではないよ」

「そんな……」

この姿が人の目に触れるだけでも大騒ぎ間違いなしなのに、もし人間まで食べてしまったら……

たぶん、位の返上くらいでは済まなくなるのではないだろうか。

『早く……！　あの人に料理を渡しましょう！』

私の傍《かたわ》らに浮いていた真緒さんが、焦った様子で言う。

「はい！　真緒さん！」

「真緒さん……？　真緒様がいらっしゃるのですかニャ⁉」

薄柿さんが驚いたように瞳孔を開いた。

そうか、私は常盤の術のおかげで真緒さんが見えるようになったけど、彼には幽霊の姿は見えないのか。

「はい！　真緒さんの幽霊がここにいるんですよ！　昨日、私の家で料理を作ってもらったんです！」

「な、なんと！　真緒様の料理があれば、京緋様も……！　茜様、どうかお願いしますニャ！」

「わかっています！　常盤！　京緋さんの目の前に真緒さんの料理を出して！」

「了解」

私はポケットから勾玉《まがたま》を取り出し、つまむように常盤の前に差し出した。すぐに彼は手のひらを広げ、妖術を使う。

すると、ほとんどただの獣と化した京緋さんの足元に、昨日真緒さんが作った料理の載った膳が出現した。

さあ、奥さんの愛情のこもった料理を食べて、正気を取り戻して……！

そう願った私だったが。

『あの人……！　私の料理に全く気づきませんわ！　どうしましょう茜様⁉』

真緒さんが悲痛な声を上げる。

食欲に支配されて巨大化した京緋さんは、自分の足元にある料理の膳など、まるで見えていないようだった。

「京緋さん！　真緒さんですよ！　真緒さんが作った料理がありますよっ」

「京緋様ー！　真緒様がここにおりますニャ！　ずっと求めていた真緒様の料理が食べられるのですニャ！」

私と薄柿さんが京緋さんに向かって叫び、真緒さんの料理の存在をなんとか知らせようとする。

しかし彼は、「グルルル……」と唸りながら口に食べ物を詰め込み続けるだけだった。

私はもっと近くから声を届けようと、京緋さんの足元へと近づいた。そして再び、彼に愛する妻の料理について伝えようとする。

しかし、私が口を開こうとした瞬間、京緋さんの鋭い眼光が突き刺さった。欲望にまみれた視線で射貫かれ、私は喉の奥で悲鳴を上げる。

次の瞬間、視界に影が差すと同時に、京緋さんのふわふわの肉球が、私に向かって振り下ろされた。

――潰される。

そう悟ったが、足がすくんで動けない。私は反射的に固く目をつぶった。

しかし、覚悟していた衝撃の代わりに私が感じたのは、ふわりという優しく私を包む腕だった。

「まったく茜は無茶をするね」

恐る恐る目を開けると、耳元でそう囁かれた。

いつの間にか私は、常盤に抱きしめられている。すぐ目の前にあった京緋さんの太い足は、今は数メートル前方にあった。

どうやら、すんでのところで、彼が私を京緋さんから引き離してくれたらしい。

驚いて常盤の顔を見ると、彼はほっとしたような笑みを向けた。

「ご、ごめん。ありがとう、常盤」

安堵した私がお礼を言うと、常盤は笑みを深くした。

「おお、素直な茜だ。やはり僕はこっちの茜の方が好きかな。もちろん、どんな茜も愛しているが」

「だっ……。い、いつまでも抱きついていないでよっ！」

すかさずいつもの様子で口説いてくる常盤に、私は思わず、悪態をついて飛び退《の》く。

──もう！　すぐにこれなんだからっ。

「しかし、本当に危険な状態だね」

私の悪態を気にも留めず、常盤は表情を険しくして京緋さんを見つめる。

「この状態ではもう、正午を待たずに強制的に京緋の力をなくすしかないな」

常盤の言葉を聞いた薄柿さんが、がっくりとうなだれた。

『あなた……』

真緒さんも呆然とした面持ちで、愛する夫の成れの果てを見上げている。

——ダメだ。こんなことで優しい神様がいなくなってしまっては。

諦めたくない。

愛し合った夫婦の末路が、悲しいものになってしまうのは嫌だ。

「常盤！」

意を決した私は、強く彼の名を呼ぶ。すると、私の気持ちを察したのか、常盤の眉がピクリと動いた。

「私を京緋さんの頭の上まで連れて行って！」

「頭の上だと……？　足元でもあんなに危険だったというのに、そんなところに近づいたら、本当に食べられてしまうよ？　僕のかわいい妻を、危ない目に遭わせるわけにはいかない。賛同しかねるね」

「……お願い、常盤」

私はじっと彼を見つめて、低い声で言った。

目に力を込めて、自身の覚悟を総大将へとぶつける。

「何か、勝算があるのかい？」

「勝算……とまでは言えない。でも、試したいことがあるの」

私がそう言うと、常盤がしばらくの間押し黙った。口元こそ笑みの形になっていたけれど、その双眸《そうぼう》は私に対する心配が色濃く刻まれていた。

やっぱり、ダメと言われるだろうか。そしたらどうしよう。背中からよじ登ればいけるかなあ？

なんて、無茶なことを考えていると、常盤は小さく嘆息した。

「一度だけだよ。近づくのは、一度だけだ。危なくなったらすぐに離れる。それでもいいかい？」

「常盤……！　ありがとう」

弱ってしまった金魚を助けてくれた時以来だった。心からの感謝の念を、常盤に抱いたのは。

常盤はすぐに、化け猫の姿へと変化《へんげ》した。私は彼の背中に飛び乗る。

そして、勾玉《まがたま》と共にポケットにしまっていた物を取り出した。

昨日、真緒さんからもらった小さなどら焼き。それを、ＵＶレジンという透明な樹脂でコーティングし、金具を付けて、やたらと長い紐《ひも》を通したものだ。

長い紐《ひも》は、巨大化した京緋さんの首にもかけられるように計算した長さだ。しかし、彼が想像以上に大きくなっていたので、届くかどうかは微妙なところだ。

クッキーやキャンディーといったお菓子を、レジンでコーティングしてアクセサリーやキーホルダーにするのは、ハンドメイドアクセサリーの世界ではよくある手法だ。

もし、自分の作ったアクセサリーに何か力があるのだとしたら、どうかこの願いが届いてほしい。

京緋さんに、元の優しい神様に戻ってほしい。

そして、大好きな真緒さんのご飯を、昔のように味わってほしい。

「よし、じゃあ行くぞ、茜。しっかり掴《つか》まっているんだよ」

「うん！」

常盤が私を乗せて、急上昇する。京緋さんの猛獣のような顔面と低いうなり声が、どんどん近づいてくる。

京緋さんが食べ物を口に運ぶたびに、大きな前足が風を切って動く。それをかわしながらの上昇は、初めて常盤の背中に乗った時以上に激しく、遥《はる》かにジェットコースターに近い動きだった。

しかし、不思議と恐怖は感じなかった。

私には、やらなければならないことがある。

そう思うと、恐怖を感じている暇なんてなかった。

ようやく京緋さんの頭の上まで上昇した時、私はどら焼きに付けられた紐《ひも》を伸ばして、彼の首にかけようとする。

しかし、京緋さんのサイズを考えた紐《ひも》は、数メートルの長さがあった。私の腕だけじゃ、うまく広げられない。

もたもたしているうちに、顔周りをうろちょろする私たちに京緋さんが気づいてしまった。血走った目を私たちに向け、前足で打ち払おうとしてくる。

常盤の素早い動きで、なんとかかわしているが、長くは持たないかもしれない。

「茜。もう限界だ。これ以上は危ない」

常盤が私にそう告げる。確かにこのままでは、京緋さんの首に紐《ひも》をかける前に、私たちが落とされてしまいそうだ。

――こうなったら、イチかバチかだ。

「常盤！　この紐《ひも》を咥《くわ》えてっ！　そのまま、もうちょっと高いところまで行って！」

私は常盤の背中ごしに、ミニどら焼きと繋がっている輪っか状の紐《ひも》の端を差し出す。

「いいけど、何をする気だい」

「いいから言う通りにして！」

説明したら確実に反対されることがわかっていたから、思いついた作戦は黙っておくことにする。

「わかった、君を信じよう」

常盤は静かにそう言った。その言葉に不覚にも嬉しくなってしまった。

常盤が紐《ひも》の端を、鋭い牙に挟んで咥《くわ》えた。そして、京緋さんの腕を避けながら、さらに上昇する。眼下に、こちらを見上げる京緋さんの頭が見えた。

よし、ここからならば。

京緋さんの首に、真緒さんの愛が詰まったどら焼きのお守りをかけることができる。

本当は、心優しい神様である京緋さん。

その暴走は、亡き妻への深い愛ゆえなのだ。

従者である薄柿さんからも深く慕われ、たくさんの参拝客の願いを叶えようと心を砕いてきた京緋さんは、とても慈悲深い神様に違いない。

そんな京緋さんが猫神としての力を失うなんてこと、あってはならない。

そう、強く思った。そして、そんな京緋さんのために私に何かできることがあるのなら、全力を尽くす。

「常盤！　いいって言ったら口から紐《ひも》を放して！　その後、飛び降りた私を下で受け止めてね！」

「えっ、飛び降り……⁉　ちょっと、やめろ、茜！」

指示を告げるなり、常盤は柄にもなく慌てていた。だけど、それでやめるようなら、初めからこんな作戦立ててない。

私は常盤が咥《くわ》えている紐《ひも》の端の反対を持って、彼の背中から飛び降りた。そして常盤に「いいよ！」と叫ぶ。彼は絶妙のタイミングで、咥《くわ》えていた紐《ひも》を放してくれた。

それにより、京緋さんの頭を通るように、紐《ひも》が輪っか状に広がる。

そして、うまいこと京緋さんの太い首に、ミニどら焼きのついた紐《ひも》がペンダントのように引っかかった。

「やった！」

空中でガッツポーズを取る私。

しかし、そのまま真っ逆さまに自分の体が地面へと落ちていく。

京緋さんの頭の先から地面までは目算で二十メートルくらい。無我夢中で飛び降りてしまったけれど、高所恐怖症の私にとって、この高さからの落下は絶望以外の何物でもなかった。

——あれ、このまま落ちたら私、死ぬんじゃない？

いや、よく考えなくても死ぬ高さだよ。常盤が間に合わなかったら、死ぬなあ。

なんで気がつかなかったの、私ーーっ！

恐怖のあまり声も出ない。目を閉じたら、脳裏に幼い時にみーくんと遊んだ記憶が蘇《よみがえ》ってきた。これ絶対、走馬灯《そうまとう》というやつだ。

しかし、そんな私の体が、ふわりとした柔らかい感触に包まれた。

「全く。僕の妻は本当に無茶しかしない」

恐る恐る瞼《まぶた》を開けたら、視界いっぱいに映った、明るい茶色と黒、白の三色の被毛。

常盤の背中の上だった。

私の無茶な要望——飛び降りるから受け止めてくれに、彼は応えてくれたのだった。

「間に合ってよかった」

見ればそこは地面スレスレの高さ。目の前の境内の石畳に叩きつけられるのを想像して、私はぞっとした。

「……ああ、よかった」

常盤が地面に降り立って、私はその背中から下りると、安堵のあまりその場にへたり込んだ。そんな私の傍《かたわ》らで、常盤が人間の姿へ変化《へんげ》する。

「それで茜、一体何を京緋に付けたんだい？」

「……真緒さんが作った、どら焼きを加工したお守りだよ」

私はしゃがみ込んだまま首だけ上に向ける。太い首に小さなミニどら焼きを下げた京緋さんは、食べ物を口に運ぶのをやめていた。

呆けたような表情を浮かべてじっと固まっている。

「私は……何を……？」

先ほどまで猛獣のようなうなり声しか上げていなかった京緋さんが、人語を発した。

京緋さん気づいて！　それは真緒さんの作ったどら焼きなんだよ！

真緒さんの手料理を、もう一度食べて！

私は強くそう願い、京緋さんを見守った。

「なるほど……。真緒の料理を、茜が装身具にしたってことかい。真緒の料理に込めた想いが京緋へ伝われば、正気に戻る可能性がある。考えたね、茜」

常盤は深く感心した様子だった。

京緋さんは状況を理解していないようで、周囲をきょろきょろと見回していた。

そこで常盤が「ああ、そうか」と言って、京緋さんに近づいていく。

「京緋にも、幽霊になった真緒の姿が見えるようにしよう」

常盤が真緒さんに向かって妖術をかけると――

「真……緒⁉」

足元に佇《たたず》む最愛の妻の姿を認めた京緋さんが、信じがたいというような表情を浮かべた。真緒さんは、今にも涙をこぼしそうな切なげな表情をしている。

よかった、感動の再会が――と、思った私だったが。

『あ～な～た～！』

真緒さんが剣呑《けんのん》とした目つきとなり、低く怒ったような声を出しながら京緋さんに詰め寄った。

たおやかな印象しかなかった彼女の豹変ぶりに、意表を突かれる。

「真、真緒？」

『「真緒？」じゃありません！　何をやっているのですか！　総大将ご夫妻や参拝者の方々、薄柿にも迷惑をかけて！　こんなに食い意地が張っている人とは思いませんでしたわ！　だいたいあなたはいつもいつも……』

自分の百倍は大きな夫を、真緒さんは叱責《しっせき》していく。今回のことだけではなく、普段の積み重なった不満までぶちまけだして、最初は驚いていた私も段々微笑ましい気持ちになっていく。

「完全に尻に敷かれてるねえ、京緋さん」

「仲睦まじい姿じゃないか。僕たちみたいに」

「……どこが」

いつもみたいに全否定してやろうと思ったのに、何故か口がうまく回らない。私を信じて危険な行動に付き合ってくれた常盤の姿を思い出すと、今までみたいな文句がポンポン出てこなかった。

『まったく、本当に……しょうのない人です、あなたは』

一通り小言を言い切った後の真緒さんは、穏やかに笑っていた。その目尻には涙が溜まっている。

本来なら、夫婦の時間はすでに終わっている。これはいわばロスタイムなのだ。

真緒さんの体は、昨日出会った時よりも透明度が強くなっている。

たぶん、彼女がここにいられる時間はそう長くはない。

「真緒……。私は……。本当に、すまなかった」

見た目こそ巨大なデブ猫だけれど、哀愁《あいしゅう》を漂《ただよ》わせながら静かに告げる京緋さんは、何故かかっこよく見えた。

『さ。最後の妻の手料理です。昨日、常盤様の奥様である茜様にお力を借りて、腕を振るったのですよ。これを食べて、いつものあなたに戻ってくださいまし』

「真緒……」

そう言う京緋さんは、いつの間にかかなり小さくなっていた。いまだにデブ猫だけれど、正気に戻ったことで元の姿に戻ろうとしているのかもしれない。

おそらく今の体長は、二メートルを少し超えるくらいだろう。

彼はミトンのような大きな前足で、小さなお椀を取る。そして湯気の立つお吸い物を、ゆっくりとした動作でひと口飲んだ。

じっくりとその味を堪能するような、そんな様子に見えた。

「なんて……なんておいしいのだろう……。真緒、おいしいよ。本当に、おいしい」

『そうですか』

涙をこぼす京緋さんに、真緒さんは穏やかな微笑みを向けた。

その後も京緋さんは、十秒に一度は「おいしい」と言いながら、真緒さんの最後の手料理を味わっていた。

そして、京緋さんがすべての料理を食べ終わったところで、『ずっと見守っていますよ、あなた』と言って、真緒さんの姿は消えてしまった。

京緋さんはしばらくの間、真緒さんが立っていた場所を静かに見つめていた。もう暴れたり、食べ物を求めたりするような気配は感じられなかった。

私と常盤は並んで立ち、そんな猫神夫婦を見守っていた。

「……行っちゃったね、真緒さん」

しんみりとした声で私が言うと、常盤は京緋さんを優しい表情で見つめたまま、言った。

「そうだな。だが、京緋はもう大丈夫だろう」

「うん、そうだね」

常盤の言葉に私は深く頷く。

京緋さんはいまだに真緒さんがいた場所を見つめている。彼の大きな瞳に湛《たた》えられた光は、悲しみだけではないように見えた。

明らかに、何かを決意するような強さを宿しているように感じた。彼は、愛する妻との決別を悲しみながらも、前を向こうとしている。

常盤が言った通り、きっともう大丈夫だ。

今の京緋さんは、以前の慈悲深く、みんなに慕われている縁結びの神様に戻っている。

そんなことを常盤の隣でしみじみ実感していると、ふわりと覚えのある温かい感覚が私の全身を包んだ。

これは、伽羅ちゃんに金魚のアクセサリーを渡した時に感じた温かさと同じだった。

つまり、私にかけられた呪いの効果が薄まったということだ。

私にも少しは、京緋さんの抱える問題を解決する手助けができたのかな？

——何はともあれ。とりあえず、一件落着だ。

昨夜は真緒さんと一緒に料理を作った後、作業場でどら焼きのお守りを作っていたので、ほとんど眠っていない。さすがに、疲れてしまった。

できるなら今すぐ布団に潜《もぐ》り込みたいけれど、学校があるしなあ。

今日の講義なんだったっけ。えーと……。

あれ、今日って、テスト、では……？

「やっば！　今日テストじゃん！　学校行かなきゃ！」

今から行けば、ギリギリ間に合うはずだ。といっても、全然勉強していないからテストのできは悲惨なことになりそうだけど。

私は泣きそうになりながらも、神社に背を向け境内から出ようとする。

京緋さんの神通力で洗脳されていた参拝者たちは、「あれ、私何してたんだっけ」「なんでこんなところにいるんだろう」なんてことを口々に言い始めている。

京緋さんが正気を取り戻したことで、洗脳が解けたらしい。

「茜」

鳥居をくぐろうとしたところで、常盤に呼び止められた。

「何！　私、急いでるんだけど」

「今日のテスト科目は、なんだったかな？」

「えっ？　堆積《たいせき》学だけど」

なんでそんなことを聞いてくるんだろうと一瞬思ったけれど、つい反射的に答えてしまった。そんな私に、常盤は何か企《たくら》むような笑みを向けた。

「堆積《たいせき》学ね、了解。テスト頑張っておいで。行ってらっしゃい」

「……？　赤点の可能性は高いけど、頑張るよ！」

今の会話はなんだったんだろう、と思いつつも、今はとにかくテスト時間に間に合うことである。

私は堆積《たいせき》学の授業内容を必死に思い出しながら、学校へ猛ダッシュするのだった。

＊＊＊

夕方、私はバスで大学から自宅に戻る。

大学で顔を合わせた円華は、いつも通りの彼女だった。しかし、こんなことを言っていた。

「そういえば昨日、茜と一緒に仙名神社に行ったような気がするんだけど、私ちゃんとお参りしたっけ？　なんかよく覚えてないんだけど、テスト勉強のしすぎで疲れてたのかな～」

どうやら、洗脳されていた間の記憶は全くないらしい。

変に覚えていられても説明に困るので、好都合だった。

何はともあれ、円華をはじめとした洗脳されていた人たちは全員元に戻ってくれたようで、よかった。

自宅の敷地に入ると、西に傾いた太陽に庭が照らされていた。夕暮れの少し寂しい気配を醸《かも》し出している。

その庭の真ん中に、常盤と話す見慣れない美青年の姿があった。

美青年は輝く長い銀髪を靡《なび》かせて、柔和な笑みを浮かべている。普段なら、めったに見ないイケメンに喜ぶところだが、あの髪色的に明らかにあやかしだろう。

常盤の元に見知らぬあやかしがいるとなれば、なんらかの相談事と決まっている。

今朝ひとつ問題を解決したばかりだというのに、化け猫の総大将のところは本当に千客万来だと、少々気が重くなる私。

「……ただいま」

昨日からの騒動によって疲労困憊《ひろうこんぱい》の私は、掠れた声で言う。

すると常盤と美青年が私の方を向いた。ふたりとも、柔和な微笑みを湛《たた》えている。

「おかえり、かわいい茜」

「茜様。今回は大変お世話になりました。どれほどお礼を言っても言い尽くせないほどです」

「へ……?」

初めて会うはずの美青年に、まるで顔見知りのような態度でお礼を言われて、思わず間の抜けた声を上げてしまう。

どこかで会ったことあったのかなあと、彼を見ながら記憶を手繰《たぐ》り寄せる。

うーん、でもこんな美形一度会ったら忘れないと思うんだけどな。

こんなきれいな銀髪なんて、めったにいないだろうし……って、ん？

彼の首には、ひどく見覚えのある物がぶら下がっていた。樹脂でコーティングしたかわいらしいひと口サイズのどら焼き。

昨夜、真緒さんが作ったどら焼きを、私が加工した物だ。

つまり、これを持っているということは……

「ま、まさか……京緋さんですか⁉」

「そういえば、この姿でお会いするのは初めてでしたね。左様です、京緋でございます」

穏やかな声音でそう言いながら、ぺこりと私に会釈《えしゃく》する京緋さん。

驚きのあまり、私は目を丸くすることしかできない。

「うっそ……。あのデブ……じゃなかった、恰幅《かっぷく》のいい猫が、こんなにスリムな美青年だったなんて」

私の言葉に、京緋さんは苦笑いだ。

「あやかしの体形はね、精神状態に大きく左右されるんだ。食欲から解放された京緋は、元の長身痩躯《そうく》の姿に戻ったのさ」

「ふーん……」

常盤の説明を聞き、なんとも不思議な仕組みだなと思う私。

人間は気持ちだけでは痩せられないので、少し羨《うらや》ましい気がする。でも、気分だけで太ってしまうのは、それはそれで大変かもしれない。

「今回の件について、常盤様と茜様に謝罪とお礼をしに参りました。こうして直接お会いできてよかったです」

一歩踏み出し、私と対面する形になる京緋さん。

「え、いや……。私はたいしたことは」

「命がけで私を正気に戻してくださったでしょう。おぼろげですが、あなたが私の顔周りで何かをやろうとしていたことは覚えています。あれがたいしたことでなければ、何がたいしたこととおっしゃるのですか」

にこりと温和そうな笑みを浮かべながらも、きっぱりと言う。

まあ、確かに一歩間違えば死ぬところではあった。だけどあの時は無我夢中だっただけで、かしこまってお礼を言われるようなことをしたつもりはないのだ。

なので私は、照れ笑いを浮かべる。

「それに、茜様が首にかけてくれたこれは、真緒が作ったどら焼きでしょう？」

首から下げたどら焼きを優しく指でつまみ、京緋さんは私に見せる。

「ええ。周りを樹脂でコーティングして、金具と紐《ひも》を付けただけですけどね」

「これを見ていると、真緒を亡くしてからずっと感じていた悲しみが、不思議と和《やわ》らいでいくんです。暴走した私の首にこれがかけられた時、一瞬にしてすうっと心が落ち着いて、理性が戻ったのです」

「真緒さんの愛情が詰まっていますからね」

私はただ、真緒さんの真心のこもった料理を、身につけられる形で残しただけだ。真緒さんを想うあまり我を忘れてしまった京緋さんだけど、真緒さんの愛のおかげで元に戻ったのも間違いない。

「本当にいくら感謝してもしきれません。ずっとこれを肌身離さず持っています。そうすれば私はきっと――」

「京緋さん。酷《こく》なことを言うようですが」

私は京緋さんの言葉を遮《さえぎ》るように口を開いた。

ここで真実をちゃんと伝えなければならない。

お母さんからの愛情が必要な年頃で、思い出の中の金魚に癒《いや》しを求めていた伽羅ちゃんのケースとは違う。

どんなに悲しくても、愛する人を失った人たちは、みんなその悲しみを乗り越えて生きているのだから。

何より、京緋さんは神様なのだ。いつまでも真緒さんにすがり続けていては、参拝者に道を示すことはできないと思う。

「それは、いつか腐ってしまうものですよ」

「え……？」

京緋さんが驚いたような顔をする。

「周りをコーティングしてはいますけど、どうしたって空気や見えない雑菌が一緒に入ってしまうんです。早くて数か月、長くて数年というところだと思ってください」

「そう……なんですね」

表情を翳《かげ》らせながら、京緋さんはじっとどら焼きを眺める。

しばらくの間、無言でそれを指で弄《もてあそ》んでいた京緋さんだったけれど、やがて私に向かって微笑んだ。

「茜様、私に心の整理をする時間をくださってありがとうございます。生きとし生けるものは、いつか天に召されるのが定め。私がいつまでも立ち止まっていては、真緒もあちらで安心して休めませんね」

私は何も言わずに微笑み返した。京緋さんは、大事そうに、しかし切なそうに、どら焼きを眺め続けた。

真緒さんのどら焼きを見て、改めて彼女を失った辛さを乗り越えようとしている――そんな決意がその視線から感じられた。

その後、簡単に別れの挨拶《あいさつ》をした京緋さんは、しっかりした足取りで仙名神社へ戻っていった。

「わざと、だね？」

そう言って、常盤が私の方を見て不敵に微笑んだ。

意味がわからず「え？」と聞き返すと、彼はさらに笑みを深くする。

「僕の優秀な妻なら、防腐剤やらを使ってどら焼きを半永久的に腐らせなくする方法くらい、知っているんじゃないかと思ってね」

なかなか鋭いことを言う。しかし私は、常盤と同じように笑みを浮かべた。

「さあね」

私がそれだけ言うと、常盤は「ふっ」と小さく笑った。

そういえば、私も彼にひとつ聞きたいことがあったのを思い出した。

「ねえ、今日の堆積《たいせき》学のテストが来週に延期になったの。学校のプリンターが突然壊れて、テスト用紙が印刷できなくなったとかで」

私は、朝別れる直前に、常盤からテストの教科を尋ねられたことを思い出しながら、なんでもないことみたいに言った。

「ほお。それは幸運だったねえ。今回はろくに勉強もできていなかったようだしねえ」

他人事《ひとごと》のような口調だったが、やや演技過剰だ。

「やっぱり、常盤の仕業《しわざ》だったんだね」

きっと妖術で学校のプリンターに何かしたのだろう。教科を聞いたのも、堆積学《たいせき》のテスト用紙が確実に印刷できないようにするために違いない。

「さて、なんのことやら」

思った通り、とぼけてくる常盤。とぼけるのはお互い様かと、なんだか似た者同士になったみたいで癪《しゃく》だった。

だけど最初に出会った頃より、相手を拒絶する気持ちは弱くなっている。

いやいや、ダメでしょ離婚するんだからと、私はすぐに思い直した。

だけど……ふと、今回の常盤の言動について思い起こす。

「猫神としての位を返上させる」と、堕落した京緋さんに厳しく言いながら、陰では「なんとかできないか」と救済案を考えていた。

普段、常盤を邪険にしている私のことも信じて、無茶な作戦に付き合ってくれた。

何を考えているかわからない、話の通じない人、って思っていたけれど、もしかしたらすごく懐《ふところ》が深くて、心の優しい人なのかもしれない。

——だからって、結婚を受け入れるわけではもちろんないけれど。

ただ、今回の件で、なんでこの男が化け猫の総大将になれたのか、少しだけわかった気がしたのだった。

雲がたなびく夕焼け色のかんざし

無事に前期のテスト期間を乗り越えて、大学は夏休みとなった。

二十歳《はたち》の貴重なバカンスだというのに、恋人もおらず、仲のいい友人たちも帰省してしまったため、私はほとんど毎日山奥の平屋でのんびりと退屈な日々を過ごしている。

今日の朝食も、浅葱さんお手製の土鍋で炊かれたほかほかご飯と、出汁《だし》のきいた香りのよい味噌汁。これを食べないと、一日が始まった気がしない。

小皿に盛られたきゅうりのぬか漬けと一緒に、ご飯を口に入れる。

「ぬか漬けおいしいです、浅葱さん」

ちょうどいい塩加減のきゅうりのぬか漬けは、ご飯にとても合っていて面白いくらいに箸《はし》が進んだ。

「それはよかったです。台所に立派な壺がありましたから、使わないのはもったいないと思いまして」

浅葱さんは嬉しそうに微笑んで言った。

先日、浅葱さんが台所の床下を整理していたところ、大叔母さんが使っていたらしいぬか漬け用の壺を発見したそうなのだ。

私はぬか漬けなんて漬けたことがないし、邪魔なら処分しましょうか？　と伝えたところ、せっかくですからぬか床を作りましょう、と提案されたのだった。

以来、こうして毎日、なすやきゅうりといった、新鮮な夏野菜のぬか漬けが食べられるようになっている。

「お兄ちゃんお代わり！」

「はいはい」

育ち盛りの伽羅ちゃんも、兄である浅葱さんの料理は大好きなようで、毎回ご飯をお代わりする。

小さな子がたくさん食べている姿はなんとも微笑ましくて、幸せを感じてしまう。

「茜、ちょっと醤油を取ってくれないかな」

常盤が、私の眼前にある卓上用の醤油を目で示しながら言う。

「ああ、醤油ね。はい、どうぞ」

私は常盤に向かって醤油を差し出した。

「ありがとう」

彼は微笑んでそれを受け取り、冷ややっこに醤油を垂らす。シンプルなこの料理が食卓に上がると、夏だなあという気分になる……

――って、待って私！

「何、馴染《なじ》んでんの、私ってばもう……」

化け猫たちと一緒に朝食を取ることを当たり前のように受け入れている自分に、私は自分で突っ込みを入れた。

「茜、何か言ったかい？」

冷ややっこを味わいながら首を傾げている常盤。朝起きたばかりだというのに、橙色《だいだいいろ》のメッシュが入った髪は眩《まばゆ》いほどの光沢を放っており、きめ細かな肌は白くて美しかった。

見た目は非の打ちどころのないイケメンであることは、まあ認める。

だけど、化け猫の総大将であるこの男の妻が、私である――ということは、やっぱり認められないわけで。

私は常盤と離婚するために、まずは婚礼の刻印にかかった呪いを解かなければならない。その方法が、問題を抱えたあやかしの悩みを、私のアクセサリーを使って解決することなんだけど……

でも私が解決できるような悩みを抱えたあやかしが、そう簡単に現れるわけがない。

それに、問題なんてない方がいいに決まっている。

……なんて、自分の状況を考えたら、そうも言っていられないのだけれど。

「なんでもない」

「そうかい」

そっけなく答えた私を気にすることなく、常盤はデザートの寒天を食べ始める。

――そういえば。

今までは勢いに押されてあまり深く考えてこなかったけれど、この人は私との結婚をどう思っているんだろう。

化け猫社会のことはよくわからないけど、総大将ということは、化け猫の中でも限りなく高い地位であることはまず間違いない。

常盤と結婚したいと思う相手なんて、ごまんといるのではないだろうか。

それなのに、何故ただの人間である私との結婚を受け入れているのだろう？　化け猫は化け猫同士の方がいいのでは？

そんなことを考えていると……

「どうしたんだい茜。さっきから僕の方をじっと見て」

「えっ……？」

無意識のうちに、常盤の顔を眺めながら考えに耽《ふけ》っていたようだ。

私は慌てて首を横に振る。

「べ、別に！」

「別に見たいならいつまでも見ていていいよ。僕は茜の夫だからね。なんなら、見るだけじゃなく、後で部屋に……」

「ごちそうさまでしたっ！」

またいつもの軽口が始まったので、私は大声でそれを遮《さえぎ》って立ち上がる。

常盤は全くへこたれた様子はなく、私を見てニコニコと微笑んでいた。

――本当に常盤って何を考えているかわからない。

京緋さんの一件で、痣《あざ》にかかった呪いが少し解けた。それにより、痣《あざ》――婚礼の刻印がまた少し小さくなっていた。

常盤は私を妻として扱うけれど、離婚のために行動する私を止めることはない。それどころか、私の行動に協力してくれているような節《ふし》すらある。

私が作ったアクセサリーがあやかしの心の問題の解決の手助けになると、婚礼の刻印が薄くなることは常盤も知っている。だから私を妻にしておきたい常盤にとっては、私がアクセサリーを作ってあやかしと関わるのは、本来不都合なはずだ。

しかし私が京緋さんにどら焼きのマスコットをプレゼントしたことで、彼が妻を亡くした悲しみから立ち直るきっかけを作った時でも、「さすが僕の妻！　茜やるじゃん」みたいな感じだった。意味がわからない。

それでいて、常に私を全力で愛しているような言動を取るのだ。その姿は、自信に満ち溢《あふ》れているように見える。

出会ったばかりの頃から、「すぐに僕との愛を育《はぐく》むことに前向きになるはずだからね」なんて言っていたくらいだし、そのうち私が離婚を諦めて、妻になるという自信があるということだろうか。だから今は好きにさせてくれているとか？

私からすると、なんでそんな根拠のない自信があるのか、不思議でしょうがない。

でも、常盤との暮らしに慣れつつある自分がいるのも確かなのだ。

今朝のような和気あいあいとした食事の時間を、心地いいとすら思う……

――いけない、いけない。こんなの、本当に常盤の思う壺じゃないの。

私は離婚するんだから。

自分に言い聞かせるように、私は強くそう思ったのだった。

食べ終わったお皿を重ねていると、「茜様、私が片付けますので」と浅葱さんに止められる。その直後。

ピンポーンと、インターホンが鳴った。

「こんな早朝にどなたでしょうか？」

「あ、私が出ますよ」

「そうですか……。では、お願い致します」

そんな会話を浅葱さんとしてから、私は玄関へと向かう。

「はーい」

言いながら、ガラガラと滑りの悪い引き戸を開ける。

しかし、戸を開けた先には誰の姿もなかった。私は首を傾げる。

悪戯《いたずら》かなあ。過疎化に片足を突っ込んでいるこの集落では、そんなことをする子供の数も少なかったはずだけど。

まあいいか、と戸を閉めようとした私だったが。

「にゃーん」

突っかけを履いた足首に、ふわっとした温かい感触。驚いて足元を見ると、美しい純白の猫が、機嫌良さそうに私を見つめていた。

「わ！　かわいい！」

とてもきれいな猫だった。深雪のような真っ白な毛並みに、ブルーのくりくりとした大きな瞳。手足が長くしなやかな体をしている。

私が鼻先に指を出すと、くんくんと匂いを嗅いで、ぺろりと舐《な》めた。

その仕草がとても愛らしい。

この辺では最近猫の室内飼いが進んでいるので、野良猫は滅多に見かけない。だから久しぶりに見た外猫だったけど、野良にしてはきれいすぎる気がする。

どこかの飼い猫が迷い込んできたのかな？

白猫の素性について思考を巡らせていると、妖艶《ようえん》な声が聞こえてきた。

「あなたが常盤の妻なの？　総大将の心を射止めたというから、どんな美女かと思っていたら……わりと、普通の子ねえ」

白猫が流暢《りゅうちょう》にそう言った。

——言ったのだ。猫が。

猫が言葉を発する。そんなこと、現実にあるわけがない。

ただし、あやかしである化け猫を除いては。

「あ、あなたは……？」

白猫の正体を察した私が、恐る恐る口を開くと、彼女はにんまりと口元で笑った。

次の瞬間、ボンッという音を立てて、白猫の周りに白煙が立ち込める。

反射的に瞼《まぶた》を閉じた私が目を開いた時、そこには猫ではなく、女の人が立っていた。

「はじめまして、常盤の奥様。私は瑠璃《るり》っていうの。よろしくね」

猫から人へと変化《へんげ》した彼女は、紅を塗った口角を上げながらそう言った。

桃色の着物から伸びた手足は、驚くほど白く折れそうなくらいに細く華奢《きゃしゃ》だが、胸と臀部《でんぶ》は女の私でも一瞬見とれるくらい、大きくて立派だ。

長い黒髪は少しウェーブがかかっており、艶《つや》やかな髪が頬をかすめる様は、なんともなまめかしい。

きれいな白猫が変化《へんげ》した人間は、妖艶《ようえん》で大人の魅力に溢《あふ》れた、美麗な女性だった。

「え、あ、よろしく、お願いします……？」

突然の美女の登場に、わけもわからず私がそう答えると……

「茜。随分来客対応に時間がかかっているね。何かあったのかい？」

「お困りでしたら私にお任せください」

背後から常盤と浅葱さんが顔を出した。はっとして振り返ると、彼らは玄関先に立つ客人を見て、揃って驚いたような顔をした。

「……お義姉《ねえ》さん」

いつも本心の掴《つか》めない笑みを絶やさない常盤が、珍しく苦笑を浮かべた。

って、「お義姉《ねえ》さん」……？

「久しぶりね。元気そうじゃない、常盤も浅葱も。ちょっと遊びに来ちゃった。上がらせてもらうわね」

「え、え……」

状況が読めずに、固まる私に構わず、常盤に「お義姉《ねえ》さん」と呼ばれた美女は履物を脱いで家へと上がった。

そのまま、朝食を取っていた居間へと入っていく。

「はあ、面倒な人が来たもんだな」

「蘇芳《すおう》様と喧嘩でもなさったんでしょうか。仲の良いご夫婦ですが……」

どこか疲れたように言うふたり。その様子を見て、幾分か気を取り直した私は常盤に向かって尋ねる。

「『お義姉《ねえ》さん』って言ったよね？　常盤の親族ってこと？」

疲労感を滲《にじ》ませた常盤は頷いて答えた。

「僕の兄の妻だよ。僕にとっては、義理の姉というわけだ」

常盤の家族のことなんて今まで一度も聞いたこともなかったが、お兄さんがいたとは驚きだ。なんとなく、自由気ままなひとりっ子だろうと思っていた。

それにしても、お兄さんがいるのに常盤が総大将なんだろうか？　気になった私は、小声で浅葱さんに尋ねた。

「人間だと、こういうのは普通、長子が継承したりするものだけど、総大将って世襲制とは違うの？」

「化け猫界でも基本的にはそうですよ。しかし、常盤様の能力があまりにも優れていたため、兄の蘇芳様から継承権が移ったのです」

「ふーん……」

それだけを聞くと、兄弟関係はあまりよろしくないのかもしれないと思ってしまう。トップを争って兄弟同士がいがみ合うなんて、人間社会でもそんなに珍しいことではない。

常盤と浅葱さんと一緒に居間に戻った私は、再びちゃぶ台につく。

常盤とお兄さんの蘇芳さんは、仲がいいのだろうか？　浅葱さんの淹れたほうじ茶を上機嫌でずする瑠璃さんを見て、私は考える。

ちなみに伽羅ちゃんは、近所の森へ遊びに行ったらしい。ここに慣れてきた彼女は、最近家の周囲でよく遊んでいる。

「古い家だと思ったけれど、なかなか居心地がいいじゃない」

どこか高飛車に聞こえる口調だけれど、上品さを感じるためか、不思議と嫌味に感じない。

むしろ、非の打ちどころのない美女の瑠璃さんを、さらに魅力的に見せるスパイスのように感じた。

「はあ、どうも」

一応褒《ほ》められたらしいので、とりあえずお礼を言う私。

「で、新婚生活はうまくいっているのかしら？」

「それはもう」

私の傍《かたわ》らにいた常盤が、突然私の肩を抱き寄せながら言う。いきなりのことで一瞬体が硬直するも、すぐに我に返って常盤を押しのけた。

「そんなこと一切ありません。一刻も早く離婚したいです」

常盤を半眼で睨《にら》みながら、きっぱり言い放つ。すると瑠璃さんは口に手を当てて、クスクスと上品に笑った。

「天下の総大将に向かってこの態度とはねえ。なかなかのはねっかえりじゃないの。

私は嫌いじゃないわ」

「は、はあ……」

何故か気に入られた私は、曖昧《あいまい》に返事をする。

「瑠璃様。本日は、何かご用があってここにいらっしゃったのですか？　普段は、蘇芳様のお屋敷から、ほとんど出られることはなかったかと……。何か緊急事態でもあったのでしょうか？」

浅葱さんが真剣な面持ちになって問う。

すると、ずっと余裕そうな微笑みを浮かべていた瑠璃さんが、急に気まずそうな表情になり、黙り込んでしまう。

「……それは」

しばらくして、やっと瑠璃さんが口を開いた——その時だった。

バキバキ、ドスン、と何かが折れたり壊れたりするような大きな音が、縁側から聞こえてきた。

「な、何っ⁉」

驚いた私は、立ち上がって縁側へと向かおうとする。しかし、常盤に服の袖《そで》を掴《つか》まれて、止められた。

「ちょっと……何、常盤」

「悪いあやかしが襲ってきたのかもしれない。僕と一緒に行こう」

「……わかった」

真剣な面持ちで言われたので、思わず承諾してしまう。

決して妻になることを納得したわけではないけれど、あのきれいな瞳でまっすぐ見つめられると、どうにも調子が狂ってしまう。

常盤と私、その後ろには浅葱さんが続く形で、轟音《ごうおん》の聞こえてきた縁側へ向かった。

そこで、私が見た物は。

「え⁉　な、なんで！」

昨晩寝る前に閉めて、まだ開けていなかった雨戸が、真ん中から折れて庭に倒れていた。この雨戸も何十年物なので、そろそろ新しいものに交換しなきゃとは思っていたけれど、こんないきなり壊れるほどではない。

なんでこんなことに――？

「常盤！　どうせお前だろう！」

私が壊れた雨戸を呆然と眺めていたら、庭から怒気をはらんだ声が聞こえてきた。

とっさに私は声のした方を向く。

庭に立っていたのは、黒髪、黒い瞳を持つ長身で細身の美青年だった。

切れ長の目はどこか常盤と似ているけれど、常盤が垂れ目気味なのに対して、彼は少しだけ吊り上がっている。

真っ黒な着流しに身を包み、色白の素肌以外ほとんど黒いその男性は、闇夜のようなミステリアスな魅力を放っていた。

常盤は、背中で私をかばうみたいに仁王立ちし、全身黒ずくめの男性と対峙する。

「兄上、いきなり来て、なんのことです?」

兄上?

ということは、彼が瑠璃さんの夫である、常盤の兄——蘇芳さんということか。

っていうか、雨戸を壊したのって、絶対この人だよね。

玄関から入ってくれればいいのに……。雨戸は弁償してくれるんだろうか。修理費だって馬鹿にならないのに。

蘇芳さんは、血走った目で常盤を睨《にら》み、気色ばんだ様子で叫んだ。

「とぼけるな! 瑠璃をたぶらかして連れて行ったのはお前だろう⁉ 総大将の地位のみならず、俺の大切な妻まで奪おうというのかっ」

「そんなことはしておりません」

怒りで声を震わせる蘇芳さんとは対照的に、常盤はのほほんとした調子で答える。

ああ、これはなかなか気が合わなそうなふたりである。

兄弟仲はあまりよくない……というより、確実に悪いのかもしれない。

「嘘を……つくなっ！」

「なっ」の部分にやたらと力を込めながら、蘇芳さんは腕を振り上げる。その直後、常盤に向かって放たれた風の刃が見えた。

ええ、こんなところで妖術を使った兄弟喧嘩って、本気ですか。

雨戸はすでに壊されているし、他の場所だって台風のたびにどこかが破損するような古い家なんだから、やめてくれ。

私が常盤の背後で家の心配をしていると、常盤は襲ってきた風の刃を手のひらで軽く叩いた。すると、刃は向きを変え、空の上へと飛んでいった。

「くっ、こしゃくな！　ではこれならばどうだ」

そう言った蘇芳さんは、今度は先ほどよりも大きい風の刃を手から放った。

しかし常盤は平然とした様子で、それも軽くあしらってしまう。その後も立て続けに蘇芳さんは常盤に攻撃をしかけたけれど、そのたびに常盤は、軽々と攻撃をかわしていった。

しかも、容赦なく四方八方から攻撃してくる蘇芳さんに対して、常盤はちゃんと家屋に被害がないように攻撃を逸らしてくれていた。

そのことに安堵すると同時に、常盤の能力が蘇芳さんに比べて極めて高いことに驚いた。蘇芳さんは見たところ、全力で攻撃してきている。しかし常盤は、余裕綽々《よゆうしゃくしゃく》といった様子で、すべての攻撃を思う通りの方向にいなしていた。

これが、兄ではなく常盤が総大将に選ばれた理由なのだろう。

「……また腕を上げたのか。妾《めかけ》の子の分際で！」

心底悔しそうに言う蘇芳さんの言葉に、私は虚を突かれる。

顔は結構似ているから、てっきり同じお母さんから生まれた兄弟だろうと思っていた。だが、「妾《めかけ》の子」ということは、ふたりは、腹違い——いわゆる異母兄弟ということか。

そして、常盤の母親を「妾《めかけ》」と呼ぶということは、きっと蘇芳さんのお母さんが正妻ということなのだろう。

つい常盤の様子をうかがってしまう。一瞬だけ細めたその瞳には、どこか切なさが内包されているように見えた。

蘇芳さんの言葉に何か思うことがあったのかもしれない。だけど常盤は、すぐにいつもの緩い笑みを浮かべた。

もしかしたら、普段からこのようなことを言われ続けてきたのかもしれない。

「しかし、妻だけはなんとしても返してもらうぞ！」

今まで以上に殺気を込めた蘇芳さんが、その腕に黒い靄《もや》を纏《まと》わせ始める。

妖気だの妖術だの、詳しいことはわからないが、今蘇芳さんの腕に纏《まと》わりついている黒い靄《もや》が、よくないものであることは本能で察した。

浅葱さんも私の傍《かたわ》らで青ざめた顔をしている。

「まずいです！　あれは、蘇芳様が使う妖術の中でも、もっとも強力なものです」

「もっとも強力……⁉　あれを食らったら、どうなっちゃうの？」

「常盤様といえども、無傷では済まないでしょう。この家も吹き飛ばされる恐れが……」

「ええ！　それは困る！」

常盤は丈夫そうだし、蘇芳さんより強いみたいだからきっと死にはしないだろう。だけど。私の大切なこの家が吹き飛ばされるのは非常に困る！

「やめ……！」

居てもたってもいられなくなり、私は黒い靄《もや》をどんどん大きくしていく蘇芳さんを止めようとした。

しかしいつの間にか庭に来ていた瑠璃さんが、そんな私を手で制す。

そして、怒りも露《あら》わに大声で叫んだ。

「あなた！　やめなさいっ！　いい加減にしてっ！」

鬼気迫る表情で術を出そうとしていた蘇芳さんが、その声に気づいて驚いたような顔をする。彼の腕を包んでいた黒い靄《もや》が、一瞬で消滅した。

「瑠璃いたのか……！　常盤！　やはりお前が瑠璃を……！」

瑠璃さんの姿を見て、安堵の表情を浮かべた蘇芳さんは、再び常盤へ憎悪に満ちた双眸《そうぼう》を向けた。

「いいえ、違うわ。私が私の意思でここに来たのよ」

そんな夫に向かって、瑠璃さんはきっぱりと言い放った。

蘇芳さんは拍子《ひょうし》抜けしたような顔をした後、困惑の表情を浮かべる。

「なんだと……⁉　何故だ瑠璃？　何故、常盤のもとなんかに」

「別に常盤に用があってきたんじゃないわよ。ただ、あなたに愛想が尽きて家を出たはいいけど、他に行くところが思いつかなかっただけ」

「愛想が尽きた、だと……⁉　お、俺は、お前を怒らせるようなことをした覚えは……」

「あーもういいです！　わかってないなら、もういい！」

困り顔の蘇芳さんに、瑠璃さんはわなわなと体を震わせながら怒りをぶつける。

瑠璃さんが怒っている理由はわからないけれど、これって、人間社会でもよくある、気の回らない男性に対して、堪忍袋《かんにんぶくろ》の緒が切れた女性が憤怒《ふんぬ》に駆られているパターンではないだろうか。

彼女の前で他の女性に見とれたり、大切な記念日を忘れたり。男性にとってはたいしたことではないようなことでも、女性にとっては地雷となることが多々あるのだ。

「る、瑠璃……」

常盤と対峙していた時の攻撃的な様子とはえらい違いだ。情けなく眉尻を下げ、おろおろと妻の名を呼ぶ蘇芳さん。

京緋さんといい、化け猫の世界って女性の方が強いんだろうか。

まあ、真緒さんや瑠璃さんのような美人が妻ならば、なんでも言うことを聞きたくなってしまう気持ちはわからなくもないけれど。

「私はしばらく、こちらにいることにします。ここの人たちに危害を加えたら、許さないわよ」

夫を美しい瞳で睨《にら》みつけながら、瑠璃さんはそう宣言した。

って、こちらにいることにするって、そんな話は初耳なのですが。ここの家主は一応私なんだけどなあ。

「あなたの顔なんて見たくないわ！　早く出て行って！」

強い口調でそう言い放つと、夫から勢いよく顔を背《そむ》ける瑠璃さん。

蘇芳さんは「あ……」と力なく声を出した後、しばらくの間妻の様子をおっかなびっくりといった表情でうかがっていた。

しかし、一向に目を合わせてくれない瑠璃さんに諦めたのか、とぼとぼと寂しげに門から出て行った。

そういえば、雨戸壊れたまんまなんだけど……

今度会うことがあったら弁償してもらおう。……会えなかったら、常盤のお金を使おう。

などと考えていると、申し訳なさそうな顔をして瑠璃さんが話しかけてきた。

「ごめんなさいね……。えーと、茜ちゃんだったかしら？」

「はい、そうです」

「よくある夫婦喧嘩よ。今までも、ちょっとした不満は感じていたんだけど、今回は本当に我慢できなかったの」

「ちなみに、何があったか聞いてもいいですか？」

「あの人、常盤に負けて総大将になれなかったでしょう？」

瑠璃さんは自嘲《じちょう》的に笑って常盤の方を見る。

当の常盤は、浅葱さんと一緒に壊れた雨戸をどうにかしようとしていた。

「そのことを本人はすごく気にしているのよ。まあ、それは仕方ないと思うわ。彼は、先代の総大将の正妻の息子で、能力も申し分なかった。それなのに、跡を継げなかったなんて……周囲の目だって気になるわよね」

「そうでしょうね……」

私は家柄なんてないに等しいから、跡継ぎ争いに敗れた人の気持ちなんて、想像することしかできない。

でも、元々有利な立場にいた自分が、よりによって弟に実力で負けたのだ。

「彼の気持ちはわかるわ。だけど、口を開けば、常盤め常盤めって、もう嫌になっちゃったのよ。私に対しては変わらず優しいんだけど、最近はいつも怖い顔をしてて、一緒にいて気分が悪いったら」

「なるほど……」

先ほど、蘇芳さんが常盤に向けていた憎しみに満ちた眼差しを思い出す。確かに、毎日のように夫があんな顔をしていたら、妻としては気が休まらないだろう。

「……私はあの人が総大将でも、そうでなくても気にしないのに」

瑠璃さんはごく小声でそう呟いた。

隣にいる私が、ギリギリ聞き取れるくらいの小さな呟きは、思わず口から出てしまった独り言だと思う。

先ほどは怒りからか蘇芳さんへの当たりが強かったけれど、本当は瑠璃さんは彼を大切に想っているんだ。

私は何も聞こえなかったふりをして、彼女に向かって微笑んだ。

「事情はわかりました。そういうことなら、しばらくここにいてください。たいしたおもてなしはできませんが」

勝手に「ここにいる」と宣言された時はぎょっとしたけれど、今さら化け猫がひとり増えたくらいで何も変わらないだろう。

瑠璃さんは少し驚いたように私を見た後、嬉しそうに微笑んだ。

「ありがとう、茜ちゃん。よろしくね」

「はい」

女同士、顔を見合わせて微笑み合う。

こうして、瑠璃さんと蘇芳さんの夫婦喧嘩に、私は自ら首を突っ込むことになったのだった。

＊＊＊

瑠璃さんが我が家に居候《いそうろう》することになった日の夕方。

私は彼女と一緒に近くの商店街へと赴《おもむ》いた。

いつもは山奥の屋敷に籠《こも》っているから、人間の暮らしを見てみたいという瑠璃さんの希望で、女ふたりで行くことになったのだ。

瑠璃さんは根っからのお嬢様気質だったが、優しくて人当たりもよく、さっきまでは伽羅ちゃんと三人でビーズアクセサリーを作って遊んでいた。

「ここも結構な山奥だと思っていたけれど、ぼちぼち人がいるのね」

商店街を歩くまばらな人たちを目で追いながら、どこか嬉しそうに瑠璃さんが言う。

「この集落にはここしかお店がないので、夕飯前には人が集まってくるんですよ。まあ、それでも賑《にぎ》わってるとは言えませんけどね……」

大学近くの駅前の様子と比べると、閑散としている通りを眺めて、私は苦笑いだ。

「あら、それでも楽しいわ。普段、屋敷の中に閉じこもってばかりの生活ですもの。総大将ではないけれど、あの人もそれなりの地位にいるから、私は客人のおもてなしをする毎日なのよ」

「へえ……」

瑠璃さんは結構活発な女性に見える。

そんな彼女が、屋敷の中で日がな一日客人の相手をし、夫の愚痴《ぐち》に付き合ってばかりの生活をしていたなら、家出したくなっても無理はない気がする。

浅葱さんに頼まれた夕飯の食材を買い終えた頃には、日が沈みかけていた。

帰り道の途中、瑠璃さんがふと足を止め、空の彼方《かなた》を見つめていたので、隣に並ぶ。

「私が蘇芳と結婚した時はね、まだあの人と常盤、どっちが総大将になるかわからなかったの」

遠い目をして昔話を語り始めた瑠璃さんに、私は静かに耳を傾ける。

「あの人はよく、自分が総大将になってお前を幸せにするって言ってた。頑張っていたから、私も応援していたの。あの頃のあの人は、いつだって前向きで穏和だった。だけど、常盤が総大将になってからは、ずっと恨みつらみばかりよ」

瑠璃さんは悲しげに微笑む。

「別に総大将の妻になりたくて、彼と結婚したわけではないのに」

そういえば、彼女は今朝も同じようなことを言っていた。

瑠璃さんは、心からそう思っているのだろう。

瑠璃さんにとって、きっと総大将の地位なんて、たいしたことじゃないのだ。それよりも、以前の前向きで穏和な夫に戻ってほしいだけなのかもしれない。

「蘇芳さんのことが、本当に好きなんですね」

瑠璃さんは少女のようにはにかんで、私に笑みを向けた。

「まあ……そうね。最近の卑屈《ひくつ》なあの人は大嫌いだけどね」

そう言うと、再び瑠璃さんは空へと視線を戻した。そこは一面、橙色《だいだいいろ》の、どこか寂しげで趣《おもむき》のある夕焼けに染まっていた。

「あの人に結婚を申し込まれたのはね、ちょうど今みたいな夏の時季だった。化け猫御用達《ごようたし》の料亭で、食事をしていた時のことよ。窓からは、きれいな夕焼けが見えたわ」

化け猫御用達《ごようたし》の料亭というのがすごく気になった。

薄柿さんみたいなかわいい猫がもてなしてくれるお店なら、ぜひ行ってみたいとぼんやりと考える。

「私ね、あそこで見た、鮮やかな橙色《だいだいいろ》の空に白い雲が流れている景色が本当に気に入ったの。そのことを彼に言ったら、あの人、結婚記念日は毎年この景色を見に、あの店に行こうって言ってくれた。毎年その約束を守ってくれていたのに、今年はすっぽかされちゃったのよね」

「なるほど、それが今回の夫婦喧嘩の引き金だったってわけですか」

やはり、そういうパターンだったか。記念日を失念した男性が女性に愛想を尽かされる——人間でもよくある話だ。

「そうね。今朝、迎えに来た時にそのことを謝ってくれれば、帰ってやってもいいかなって思ってたんだけど、きれいさっぱり忘れてるもんだから、ますます怒ってしまったわ」

どこか楽しそうに言う瑠璃さん。

きっと、蘇芳さんがおろおろしていた時の顔を思い出したのだろう。あれは本当に、瑠璃さんを愛しているというのが伝わってくる顔だった。

「あら、いい匂い」

そう言いながら、瑠璃さんが精肉店の方へと歩いていった。確かに香ばしく食欲をそそる匂いが立ち込めている。

後について行ってみると、グラム売りのお肉の他に、店内で調理された揚げたてのトンカツやコロッケ、メンチカツなどが並んでいた。

愛想のない肉屋のおじさんが、無言で私たちを一瞥《いちべつ》する。

ここのお惣菜は、私も以前はよく利用していた。リーズナブルなわりに美味で、貧乏学生には大助かりのおかずだった。浅葱さんが食事を作るようになってからは、買う機会はなくなってしまったけれど。

「おいしそうね」

「ひとつ食べますか？　コロッケがおすすめですよ。一緒に買い食いしましょう」

「あら、いいわね！」

提案すると、瑠璃さんが瞳を輝かせる。素直な美人がとても愛らしい。

良家のお嬢様的な雰囲気を醸《かも》し出している瑠璃さんだけど、コロッケに喜ぶ姿も魅力的だった。蘇芳さんが彼女にぞっこんなのも、頷ける。

私は、ひとつ五十円の牛肉コロッケをふたつ購入した。その場で食べられるように耐油紙に入れてもらい、ひとつを瑠璃さんに手渡す。

「ありがとう」

そう言うと、瑠璃さんは歩きながらコロッケの端をひと齧《かじ》り。

嬉しそうにコロッケを頬張る様子を微笑ましく思いながら、私もコロッケに齧《かじ》りつこうとした。

「……？」

その時、背中に視線を感じた。

はっとして振り返る。肉屋と隣の八百屋《やおや》との間の路地に、ふたつの光る何かが見えた気がした。

あれは、大きさ的に何かの目……？

そう思って路地に目を凝《こ》らすと、視線の主《あるじ》も私に気づいたようだった。身を翻《ひるがえ》し路地の奥へと入って行ってしまった。

あれはたぶん、黒猫ではないだろうか。

「茜ちゃん、どうしたの？　帰りましょう」

コロッケに夢中になっていた瑠璃さんは、視線には気がついていないようだった。

突然立ち止まった私に、訝《いぶか》しげな表情を向けている。

視線の主《あるじ》の正体は、ひょっとして。いやひょっとしなくても……

「あ、すみません。行きましょう」

まあ十中八九、確実に彼だろうな。

そう思いながら、私は瑠璃さんと一緒に帰路についたのだった。

＊＊＊

いつもより賑《にぎ》やかな夕食を終え、入浴した後、私はネットショップで販売するアクセサリーを作るために、ひとり作業部屋に籠《こも》っていた。

作業しながら、ふと、夫婦喧嘩中の蘇芳さんと瑠璃さんのことを考える。

蘇芳さんが瑠璃さんにぞっこんなのは一目でわかった。それに、瑠璃さんも蘇芳さんを心から愛しているからこそ、現状に怒りを覚えている。

傍《はた》から見れば、お互いに想い合っているのがよくわかる分、行き違っている気持ちがもどかしい。

あと、蘇芳さんが常盤に放った「妾《めかけ》の子の分際で」という言葉が妙に気になる。

そう言われた瞬間、常盤が寂しそうな表情をしたように見えたのだ。

ほんの一瞬のことだったから、もしかしたら私の見間違いかもしれないけれど。

常盤と蘇芳さんの間には、まだいろいろな事情がありそうに思えた。

そんなことを考えながら、私は黙々と作業を続けていた。

今日は、澄んだ水色に着色したレジンを球体に固めたものを使って、ペンダントやピアスを作っている。空を閉じ込めたような球体に浮かぶ白い雲は、実はちぎった練り消しだ。

満足のいく空色のアクセサリーが、いくつかできた時だった。

障子の向こうで黒い影が動いた。よく見てみると、三角の耳に長い尻尾《しっぽ》を生やした、しなやかな猫のシルエットが映っている。

私は夕方瑠璃さんと買い物へ行った時に感じた視線を思い出しながら、障子と窓を開けた。

そこには、眼光の鋭い、野性味溢《あふ》れる黒猫がいた。大柄でしなやかな体躯《たいく》は、まるで黒ヒョウのように見える。けれどその表情は、なんとなく所在なさげに感じた。

「蘇芳さんですよね？」

確信をもって尋ねると、黒猫は驚いたように目を見開いた。

やはり、そうだったか。

瑠璃さんには顔も見たくないと追い出され、弟の常盤には頼みたくないとなると、彼が頼れるのは私の他にない状況なのである。

「夕方も私たちのことを見ていましたよね」

「……ただの人間かと思っていたが。さすが、常盤が妻にしただけのことはあるな」

猫の姿のまま、感心したように蘇芳さんが言う。

常盤と対峙していた時は殺気だっていて怖いくらいだったけれど、落ち着いた様子で話す今の彼からは、怖さを感じない。

「人の妻に日没後会うなど、本来はまずいことだとわかっている。だが、当方も大変困っている状況でな……。猫の姿のままでいるから、少し話を聞いてもらえないだろうか」

遠慮がちながら丁寧に話しかけられた。今朝の態度から、もっと話の通じない人かと思っていたけれど、そうではないようだ。

それに、常盤の名を口にした彼に、朝のような憎しみや恨みの感情を感じなかった。

もしかしたら、最初の印象よりも、蘇芳さんは常盤のことを嫌っていないのかもしれないと思った。

「ええ、いいですよ」

私がそう言うと、「かたじけない」とぺこりと頭を下げる蘇芳さん。

なかなかの紳士だなあ、と感じた。瑠璃さんも普段は穏やかで優しいと言っていたし、乱暴な行いは常盤に対してのみなのかも。

蘇芳さんは、身軽な動作で窓から作業部屋に入ってきた。私は窓と障子を静かに閉める。

私が作業用の椅子から下りて畳の上に座ると、蘇芳さんは私の眼前でちょこんと座った。そしてしょんぼりと首を落とす。人型だったらきっと肩を落としたようなポーズをしているのだろう。

「何故瑠璃は出て行ってしまったんだろうか……」

覇気《はき》のない声でそう呟く。一瞬かわいそうに思えたけれど、結婚記念日の約束を忘れていることに全く気がついていない様子の蘇芳さんに、私は呆れてしまう。

「私はその理由を知っていますよ。瑠璃さんから聞きました」

蘇芳さんは「えっ」と驚愕《きょうがく》したように言った。

「そうなのか⁉　教えてくれ！」

すがろうとしてきた蘇芳さんを、私は半眼で見据える。

「ダメですよ」

「な、何故だ、常盤の妻⁉」

「こういうのはですね、男の人が自分で気がつかないとダメなんです。女の人の心は難しいんですよ」

一瞬虚を突かれたような顔をした後、すぐに蘇芳さんが情けなく耳を垂らした。もしかしたら、瑠璃さんに同じようなことを言われたことがあるのかもしれない。

私の言葉に、何か心当たりがあるような様子だった。

「……俺はそういったことに疎《うと》くてな。瑠璃のことを大切にしていないわけではないのだが」

それは本当なんだろうと思う。きっと結婚記念日のことだって、悪気があって忘れたわけではないのだろう。

たぶんいろいろあって、つい失念してしまったに違いない。

「瑠璃さんは懐《ふところ》の深い女性ですね。あなたが気にしていることを、彼女は少しも気にしていませんでした。もっと彼女自身の気持ちと向き合ってみてはどうですか？」

おそらく蘇芳さんは、自分を情けないと思っているのだと思う。総大将になって幸せにしてやると瑠璃さんに約束したのに、それを叶えられなくて。

ひょっとすると、瑠璃さんが出て行ったことも、自分がふがいないせいだからだと思っている可能性がある。

だけど、お互いにきちんと向き合えば、絶対にわかるはずなのだ。

彼女が何を大切にしているかを。

瑠璃さんがそうであるように、蘇芳さんもまた、彼女を大切に想っているのだから。

「気持ちか……」

遠い目をして、蘇芳さんはぼそりと呟いた。

瑠璃さんを思い出しているのかもしれない。

しばらくそうしていたけれど、蘇芳さんは障子の方へと歩いて行き、私の方を向いて言った。

「恥ずかしながら、今もまだ、あいつが怒っている理由がとんとわからぬ」

「そうですか」

まあ、鈍感そうなこの人が、正解に辿《たど》り着くのはなかなか難しそうな気はする。だけど、私が教えるわけにはいかない。

「だが、少し頭を冷やして考えてみよう。邪魔をしたな、常盤の妻よ」

そう言うと、蘇芳さんは前足で器用に障子と窓を開け、しなやかな動作で外へと出ていった。

そこでふと、雨戸のことを思い出した私は、彼の背中に向かって言葉を投げる。

「あ、蘇芳さん。壊した雨戸は直すか弁償してくださいね」

「……す、すまなかった。あの時は、妻を常盤に連れ去られたと思い込んで、頭に血が上《のぼ》っていたのだ。後日、元の通りに修繕しよう」

振り返って、ぺこりと頭を下げた後、闇色の黒猫は、あっという間に夜に混じって、見えなくなったのだった。

＊＊＊

それはとても懐《なつ》かしい風景だった。

大叔母さんと一緒にこの家に住んでいた頃の、小学生の私。

温かいけれど、どこか切ない――そんな夢の中に私はいた。

「じゃあ、みーくんは残業続きの夫の役！　私はそれに怒る妻ね！」

「にゃーん」

今日は大叔母さんが用事で出かけてしまっていた。いつもは私と大叔母さんとみーくんでおままごとをするのだけれど、今日は私とみーくんの夫婦ごっこで我慢することにしよう。

庭にレジャーシートを敷いて、その上におもちゃのクッキングセットを並べる。小さなテーブルの上に晩御飯を模したお皿を置けば、あっという間に私とみーくんは家族になれる。

みーくんはテーブルの前にちょこんと座っていた。他の猫と違って、みーくんだけは私の言葉を理解してその通りに動いてくれる。

きっと特別頭がいいんだろうなって思っていた。

「ちょっと！　あなた最近帰りが遅いじゃないの！　まさか浮気してるんじゃないでしょうね⁉」

この前、風邪で学校を休んだ日。お昼のテレビでやっていた、なんだかドロドロしたドラマの真似をして私は言う。

「にゃ、にゃーん……」

みーくんはシュンとした声を上げた。その情けない様は、妻に怒られている夫にしか見えない。

「本当に残業なの⁉　この前、スーツの上着に香水の匂いがついていたわ！　女と会っていたんでしょう！」

「にゃーん」

「え？　あれは上司との付き合いで女の子のいるお店に行っただけですって？　嘘

「よ！」

「にゃーん」

「なあに？　渡したい物があるですって？」

みーくんはとことこ歩いて、近くに咲いていたたんぽぽの花を咥えて戻ってきた。

「何よこれ……。え、結婚記念日のプレゼントですって？　あなた、覚えていてくれたの……？」

「にゃーん」

私の膝の上に乗り、頬や手にすりすりと体を擦りつけてくるみーくん。

ふわふわの被毛がくすぐったく、とても温かい。

「ありがとう……。私も少し、怒りすぎてしまったわ」

「にゃーん」

「残業で大変だったのに、ごめんね。ずっとずっと、一緒にいてね」

私はみーくんをぎゅっと抱きしめた。もう大人の猫であるみーくんは十歳の私にとっては結構大きくて、腕の中には収まらない。

でもその大きさが逆に、対等な家族であるように感じさせた。

「にゃーん」

私の鼻と自分の鼻先を合わせて、機嫌よさそうにみーくんが鳴く。

目を細めてゴロゴロと喉を鳴らすみーくんは、まるで満面の笑みを浮かべているように見えた。

――ずっと一緒にいてね、みーくん。私たちは、家族なのだから。

＊＊＊

パッと目が覚めた。

寝室の布団の上に横たわる私は、二十歳《はたち》を迎えたばかりの、紺茜だった。

久しぶりに昔の夢を見た気がする。夢なのに、ひどく鮮明だった。

十歳の私は、みーくんと毎日のようにあんな遊びをしていた。

今考えれば、ただの猫があんな風に人間の言葉を理解して、おままごとに付き合ってくれるわけがないのだ。なのに子供の私は、少し頭のいい猫くらいにしか思っていなかったのだから驚く。

まあ、実際にみーくんはただの猫ではなかったのだけれど。

この前聞いたら、常盤の年齢は数百歳とか言っていた。つまり十年前の常盤は、すでにもういい大人だったはずなのである。

何故彼は、子供のおままごとなんかに、ずっと付き合ってくれていたのだろうか。

『妾《めかけ》の子供のくせに』

その時、蘇芳さんが常盤に向かってぶつけた言葉が脳裏に蘇《よみがえ》る。

常盤の家庭環境について詳しく聞いたわけではないけれど、複雑であることは間違いない。

もしかしたら、彼も私と同じように家族が欲しかったのだろうか？

だから、私の家族ごっこに付き合ってくれていた……？

「まさかねえ……」

ふと思いついた考えに、私はおかしくなって呟いた。

人間の子供の遊びに興味本位で付き合っていただけ。そう考えた方が、よほど納得できる。だけど、子供だった自分の、一緒にいたい、家族になりたいという必死の願いを受け入れてくれたのは、もしかして――

布団から起き上がった私は、障子の窓を開けて朝日を部屋の中に入れた。

眩《まぶ》しい光に目を細めながら、思う。

もし常盤が、私と同じだったとしたら？

同じような寂しさを、あの時抱いていたのだとしたら？

私が呪いになるくらいに強く願った、家族になってほしいという思いに、常盤が同調したのだとしたら？

頭に浮かんでしまった考えは、出会った頃からの常盤を思い返せば思い返すほど、なんだか否定できなくなっていった。

＊＊＊

夢を見て目覚めた後。起きるにはまだ早い時間だったので、もう一度寝ようとした。けれど、目が冴えてしまって眠れなかった。

眠ることを諦めた私は、外の空気に当たろうと縁側に出た。

するとそこには先客がいた。

朝っぱらから完璧に整った容姿をして、キラキラと瞳を輝かせている常盤が、縁側に座って庭を見ていた。

これまでの私なら、ふたりきりは気まずくて自室に戻っただろう。だけど、常盤と過ごした過去の夢を見て、彼に対していろいろ思うところのある私は、少し離れて彼の隣に座った。

「おはよう、茜。今日もかわいいね」

「………おはよう」

寝癖だらけの髪に、寝巻用のよれたTシャツ姿の私を見て、本気でそう思っているのなら眼科に行くことを勧めたい。

あやかしを診察してくれるかどうかは知らないけれど。

そんな風に呆れながら挨拶《あいさつ》を返すも、夢に出たみーくんの姿や、先ほど思いついた常盤の気持ちについて気になってしまう。

常盤は、何を考えているのだろう。

私との結婚についてはもちろんだけど、兄の蘇芳さんや、妾《めかけ》だというお母さん――家族に対する思いについて。それに、蘇芳さんに代わり総大将になった彼が、どんな思いでその役についているのか、なんてことを。

「常盤」

「なんだい？」

「……昨日、蘇芳さんが常盤のこと『妾《めかけ》の子』って……。その、常盤の家族について、聞いてもいい？」

恐る恐る私は尋ねた。デリケートな内容だから、話してくれないかもしれない。

でも、どうしても常盤の内面や生《お》い立ちが気になってしまったのだ。

「おや？　僕に興味を持ってくれたのかい？　嬉しいね」

常盤は柔和に微笑みながら、いつもの調子で言った。そう言われてしまうと、私だっていつものように「は？　違いますけど」なんて返したいところだ。

――だけど。

「うん」

私は素直に肯定した。本当に常盤のことが知りたかったし、いつもの調子で反発して、彼の本音が聞けなくなるのは避けたかったんだ。

常盤は相変わらず笑みを浮かべたままだったけれど、私をまっすぐに見つめてきた。その瞳に宿る光は真剣なものに見えた。

「母のことは覚えていないんだ。僕を生んですぐに亡くなってしまったんだよ」

「……え」

あっさりと打ち明けられた話に、私は驚愕《きょうがく》して掠れた声を上げる。

「でも、誰もが見惚れるほどの美女だったと聞いた。僕も写真でしか知らないけれど、確かに母は美しかった。身分は低かったらしいけどね」

「あの、ごめん……」

思った以上にデリケートな内容を言わせてしまった私は、とっさに謝る。けれど常盤は、全く気にした様子もなく言った。

「どうして謝るんだい？　子供の頃からよく言われたんだ。僕は母にそっくりらしいよ。僕のこの美しさは母親譲りさ」

得意げに常盤が言う。その様子に、少し呆れた。

でも、確かに常盤の美貌は浮世離れしていると思う。兄である蘇芳さんは、美しいというよりも凛々《りり》しい印象だったので、彼の容姿は母親譲りだったのかと納得した。

「子供の頃は、僕も兄上も母親が違うなんて気にしたこともなくて、毎日のように仲良く遊んでいたよ。——周りの大人たちは、随分気にしていたみたいだけどね」

その声が、少し寂しそうに聞こえた。

「僕たちが成長するにつれて、兄と僕のどちらが総大将を継ぐのだろうと、父の従者の間で派閥ができるようになった。……その頃から、兄は僕を少しずつ避けるようになった。今思えば、避けたくもなるよねえ。兄はずっと『次期総大将』と言われて育ってきたのにさ。弟に——しかも妾《めかけ》の子に、自分の立場を脅《おびや》かされるようになったんだから」

私は、浅葱さんの言葉を思い出す。

『常盤様の能力があまりにも優れていたため、兄の蘇芳様から継承権が移ったのです』

かわいがっていた弟が自分より優れた能力を持っていると気づいた時、蘇芳さんを襲った衝撃はどれほどのものだったのだろう。

おそらく、憎しみと愛情が複雑に絡み合い、常盤にどう接していいのかわからなくなってしまったんだと思う。

「そして僕が総大将になってからは、兄上はもうずっとあの調子だ。僕は昔のように仲良くしたいんだけどねえ。まあでも、難しいのだろうね」

軽い口調で話しながらも、言葉の端々に寂しさが漏れ出しているように感じた。

ふたりが対面した時、蘇芳さんは敵意を剥《む》き出しにしていたけれど、常盤は攻撃を受けつつもずっと機嫌良さそうな顔をしていた。

どんな形でも、兄である蘇芳さんと向き合えたのが嬉しかったのだろうか。

蘇芳さんに昔のように戻ってほしいと思っているのは、瑠璃さんだけじゃなかった。

常盤も、仲の良かった頃の兄を取り戻したいと思っているのかもしれない。

だけど常盤の立場では、そんなことを蘇芳さんに言えるはずはない。へたをすれば、嫌味に取られかねないのだ。

「常盤は、総大将になったことを後悔しているの？　蘇芳さんがなればよかったって、思ってる？」

蘇芳さんとの関係を浅葱さんに聞いてから、ずっと気になっていたことを私は尋ねた。

常盤は終始のほほんとしていて、権力や争いごとに興味がなさそうに見える。そんな彼が、どんな気持ちで化け猫界の長《おさ》の地位に就いたんだろうか。

すると常盤は、目を細めて虚空《こくう》を見つめた。

「後悔はしていないよ。みんな、僕を信頼して総大将に選んでくれたんだ。しっかり責務を全うしないと、選んでくれた人たちに失礼だろう。兄上にもね」

「……そっか」

常盤が総大将の役割を真剣に全うしようとしているのは、京緋さん夫婦の一件からも理解していた。

だけど蘇芳さんとの関係を知って、もしかしたら仕方なくその地位にいるのかも、とか、本当は総大将になどなりたくなかったのかもしれない――なんてことを、ふと考えてしまったのだ。

だけど常盤は、私が思っていたよりずっと、肝が据わっていて責任感があって、自分の責務にまっすぐ向き合っているということを、知った。

——ひょっとすると私、とんでもない大物と結婚しちゃったんじゃない？

そんなことを常盤の横でしみじみ思っていると、浅葱さんがやって来て「朝食の準備ができました」と声をかけてきた。

常盤と共に居間に向かうと、浅葱さんが伽羅ちゃんにお盆を渡していた。

「伽羅、それではこれを瑠璃様のお部屋に」

「うん、わかった」

なんだろうと伽羅ちゃんの手元を見てみると、お盆の上に卵の入ったお粥《かゆ》と梅干しが載っていた。

「浅葱さん。瑠璃さんどうかしたんですか？」

「お風邪を召したそうなんです。食欲があまりないとおっしゃっていたので、お粥《かゆ》をお作り致しました」

「えっ、風邪ですか？」

昨晩は元気な様子だったのに、大丈夫だろうか。

「様子を拝見しましたが、そんなにひどくはありませんでしたよ」

私の心配を察したらしい浅葱さんが言う。

「蘇芳様のお屋敷にずっといらっしゃった方ですからね。おそらく環境が変わって、疲れが出たのでしょう」

「そっかあ。ひどくないならよかったです」

「今日はゆっくり、休ませてさしあげましょう」

「はい」

そんな会話をして、いつもの四人で朝食を取る。

会話のたびに、いちいちちょっかいを出してくる常盤のあしらいも、今ではイライラせずにできるようになった。

朝食の後、私は大学に用事があって出かけた。瑠璃さんのことが気になったので、用を済ませたらすぐに帰ってこようと思っていた。けれど、たまたま大学で鉢合わせた円華と、ついのんびりランチとお茶をしてしまい、帰宅が夕方になってしまった。

夕飯の支度を始めようとしていた浅葱さんに瑠璃さんの調子を尋ねると、熱もなく、ご飯を食べてよく眠っているとのことだった。

ひとまず安心しつつ、夕飯ができるまで、アクセサリーでも作ろうかなと、縁側を歩いている時だった。

「……！」


空から急に黒い物体が庭へ落ちてきて、私は度肝を抜かれる。

落下の衝撃で辺りに砂埃《すなぼこり》が舞い、すぐには何が落ちてきたのかわからなかった。

——しかし。

「常盤の妻よ。お主の夫を呼んできてはくれぬか」

その正体は、蘇芳さんだった。昨晩は猫型だったけれど、今日は人間の姿をしている。穏やかだが、ひどく真剣な面持ちをしていた。

昨日の、勢いのまま喧嘩を吹っ掛けてきた時とは、纏《まと》う雰囲気がまるで違う。

「わかりました」

私は部屋で伽羅ちゃんとテレビゲーム（あやかしの間でも流行《はや》っているらしい）に興じていた常盤を、庭へ連れてきた。

「兄上、今日は一体どのようなご用件ですか」

常盤は落ち着いた様子で、対峙する兄に尋ねた。思えば、化け猫の頂点である総大将でありながら、常盤は今まで一度も兄に対して丁寧な態度を崩していない。

昨日いきなり攻撃してきた時も、彼からはやり返さなかったし、相手を邪険にしている様子もなかった。

今朝の話からも思ったが、きっと常盤は今も、蘇芳さんのことを兄として慕っているのだろう。

「常盤。手合わせ願おう」

一言そう言って、蘇芳さんが構えた。彼の全身から気迫が滲《にじ》み出ていく。

おそらく蘇芳さんは、試合のような真剣勝負をしようとしているのだ。ただまっすぐに弟を見据える蘇芳さんの目を見て、私はそう思った。

もしかしたら、瑠璃さんとちゃんと向き合うために、自分の心を占める常盤への劣等感や憎しみをどうにかしようと、手合わせを申し込んできたのかもしれない。

「かしこまりました」

常盤は口の端を少しだけ上げて答える。

そうして、兄弟の対決が始まった。

昨日と同じように、蘇芳さんは腕から風の刃を出し、常盤に向かって次々と放っていく。しかしその刃の数は、昨日とは桁違いに多かった。

刃の鋭さも、昨日のやたらめったらな攻撃とは全く違う。すべてにおいて無駄がなく、私の瞳では攻撃が追いきれないほどだった。

しかし常盤は、それを華麗にかわしていく。時々当たりそうになることはあったが、その都度、妖術か何かでうまく逸らしていた。

常盤は蘇芳さんを攻撃することなく、その動きをことごとく封じていく。その攻防を固唾《かたず》を呑んで見守っていた私の傍《かたわ》らに、いつの間にか浅葱さんが立っていた。

「ねえ、浅葱さん」

「はい」

「常盤に聞いたんだけど、ふたりって昔は仲の良い兄弟だったんですよね？」

浅葱さんはしばらく黙考した後、口を開いた。

「そうですね。子供の頃……といっても、今から数百年前になりますね。その頃は、仲睦まじいご兄弟でしたよ」

浅葱さんはふたりの決闘を目を細めて眺めつつ、静かに昔のことを語り始めた。

浅葱さんは、先代の総大将の従者の子供で、常盤と蘇芳さんとは子供の頃よく一緒に遊んでいたのだと言う。

子供同士の仲が良かった反面、常盤は常に妾《めかけ》の子供として大人たちに扱われていたそうだ。表立ってひどい仕打ちをされるわけではなかったけれど、「やはりこの子は出自が出自だものね」「総大将も何故あのような女と子作りなど」と、常盤を蔑《さげす》む言葉を浅葱さんもよく耳にしたそうだ。

「おふたりのお父上は、気高く公正なお方で、常盤様と蘇芳様を分け隔てなく扱っておりました。しかし、総大将とは多忙の身。年に一度会えるか会えないか、という関係でした」

お母さんのことも覚えておらず、お父さんともめったに会うことができなかった幼い頃の常盤。

——やっぱり常盤は、私と同じなのかもしれない。

今朝、昔の夢を見て、もしかしたらと思った。でもいつも穏やかに微笑んでいて本心が掴《つか》みづらい常盤が、私と同じ感情を抱くのだろうかとも考えた。

でも蘇芳さんに対する思いを本人から聞いた今、私ははっきりと確信している。

常盤も私と同じように、家族の愛情に飢えていたのだと。

「蘇芳様は一族の嫡男として、大人たちに大切にされていましたが、子供同士はあまりそういうことを気にせず遊んでいました。しかし、常盤様の持つ力が徐々に明らかになっていくと、周りは手のひらを返したように常盤様を担《かつ》ぎ上げるようになりました。——その頃からです、おふたりの仲が悪くなったのは」

常盤の気持ちと蘇芳さんの苦しみを想像するだけで、胸がキュッと締め付けられる。

勝手な大人たちだなあと思う。

純粋なふたりを振り回して傷つけ、仲違いさせたのは、周りの人間……いや、化け猫たちのせいではないか。

両親を亡くし、親戚の間をたらい回しにされた時、親のいない子に対する周囲の目が、とても冷ややかだったことを覚えている。

面と向かってはっきりと「あんたは親がいないからできが悪い」と言われたこともあったし、表立って差別することはなくても、何かにつけて私を下に見て、蔑《さげす》むような視線を浴びせてくる人は大勢いた。

その時の自分が、ふたりの過去と重なった。

そしてどうして常盤が子供の口約束のような自分の婚姻を受け入れたのかずっと疑問だったけれど、その理由がやっとわかった。

家族の愛情を求めていた常盤だから、あの時、心から本当の家族が欲しいと願った私との誓約を受け入れてくれたのだろう。そして今でも、その誓約を大切にしてくれているのかもしれないと思った。

「くっ」

その時、蘇芳さんが小さく呻《うめ》いたのが聞こえた。

いつの間にか、蘇芳さんの顔には激しい疲労の色が浮かんでいた。肩で荒く息をし、汗が頬を伝っている。

対する常盤は、呼吸ひとつ乱していないというのに。

――そして。

風の刃を出した蘇芳さんが、体勢を崩してその場に倒れ込んだ。すかさず常盤は、彼の眼前に仁王立ちになり、手のひらを蘇芳さんの頭にかざす。

ここで妖術を使えば、私の勝ちです――無言でそう示しているようだった。

座り込んだまま、しばし呆然としていた蘇芳さんだったが、そのまま後ろへひっくり返った。大の字になって空を見上げ、自嘲《じちょう》的に笑う。

「……完敗だな」

怒りや悔しさを感じさせない、どこか吹っ切れたような口調だった。その証拠に、蘇芳さんの顔に浮かんだ微笑みには、負けを認めた潔《いさぎよ》さがある。

常盤はそんな彼を見下ろし、穏和な笑みを浮かべて言った。

「懐《なつ》かしかったです。昔はよく、こうやって手合わせをしましたね」

「幼い頃は俺が勝ってばかりで『お兄ちゃんずるい！』なんて言って泣いていたのになあ。全く、かわいげがなくなったもんだ」

「今でも僕は美しいですよ？」

「……そういうことじゃない」

そんなことを話しながらふたりとも、何かを懐《なつ》かしむように目を細める。とてもそっくりな兄弟だと思った。

ふたりを見る私の胸に、温かいものが込み上げてくる。

――その時。

「むっ……⁉」

大の字になって空を見上げていた蘇芳さんが、はっとしたような顔をした。

橙色《だいだいいろ》に染まった夕焼け空には、ところどころに白い雲がたなびいている。

「そうか……！　瑠璃は！　あのことで！　結婚記念日の約束のことで！」

私は、瑠璃さんが『結婚記念日は毎年この景色を見に、あの店に行こうって言ってくれた。毎年その約束を守ってくれていたのに、今年はすっぽかされちゃったのよね』と言っていたのを、思い出す。

蘇芳さんは、ようやく瑠璃さんの怒りの原因に気づいたらしい。

「瑠璃は⁉　瑠璃はどこにいる！」

すぐに謝罪したいらしく、勢いよく飛び起きて慌てた様子で言う。

このままでは家探しを始めそうな蘇芳さんを制し、私は彼の前に出て早口で言った。

「瑠璃さんは風邪をひいて休んでいます。たいしたことはないみたいですけど、ゆっくり眠っているので、今起こしに行ったらますます怒るんじゃないかと……」

蘇芳さんはひどく落胆したようで、がくりと肩を落とした。

「なんと……。早く謝って、あいつの笑った顔が見たかったのだが。それなら仕方がないな……」

硬派そうに見える蘇芳さんだけど、はっきりそんなことを言うので私の方が照れてしまう。常盤といい蘇芳さんといい、化け猫の男性はストレートに愛を告げるタイプが多いのだろうか。

だけど、蘇芳さんが自分で喧嘩の原因に気づいてくれたことに、私はほっとしていた。少し時間はかかってしまったけれど、気づいたことに意味があるのだから。

少々女心に鈍いところはあっても、こんな風に一途に愛されている瑠璃さんを羨《うらや》ましく思う。

蘇芳さんのことも瑠璃さんのことも、なんだか気に入ってしまった。ふたりの仲直りに私も何か協力することはできないかな。

夕焼けを見ながらぼんやり考えていた私は、いいことを思いつく。

「そうだ！」

私は、その場で声を張り上げた。

驚いて私を見る蘇芳さん。常盤は何か知らないけれど楽しそうに微笑んでいた。

「い、いきなりどうしたのだ、常盤の妻よ」

「蘇芳さん！　ちょっと私と一緒に来てください！」

彼の手を引っ張り、作業部屋へ連行しようとする。

「え……？　いや、気持ちは嬉しいが、俺は生涯瑠璃だけを愛すと誓っている。それにお前の夫も見ているが……」

「は⁉　そういうんじゃないから！　まったく化け猫の男って奴は！」

どうして揃いも揃って自信過剰の勘違い男ばかりなのだろう。しかし浅葱さんは違うようだから、先代の総大将の血なのかもしれない。

「僕は茜を信じているからね。兄上と浮気なんてするはずがないよ」

妙な自信で意味不明なことを吐く常盤のことは、もちろんスルーである。

「瑠璃さんにプレゼントを作るんです！　手伝ってください！」

「プレゼント……？」

「絶対に喜んでくれるはずです。それには、蘇芳さんの力が必要なんです」

困惑していた蘇芳さんだったが、瑠璃さんが喜ぶと聞いて、神妙な面持ちで頷いた。

「あいつが喜ぶのだな……わかった、協力しよう。むしろ、俺の方からお願いしたい」

「はい！　じゃあ今から早速取りかかりましょう！」

意気揚々と宣言し、私は蘇芳さんと一緒に作業部屋へ向かったのだった。

＊＊＊

満足いくまで何度も試作を繰り返していたら、結局徹夜になってしまった。

私と蘇芳さんは、乾いて充血した目を擦りながら、作業部屋から出た。廊下の障子は朝焼けに照らされて、白く光っている。

「やあ、ふたりともお疲れ様。狭い部屋で一夜を共にしたなんて、嫉妬しちゃうな」

部屋の外には、壁に背を預けた常盤が立っていた。

ニヤニヤしながら言ってきたので、冗談ということはわかっている。けれど、すぐにそういう話をする常盤に私は呆れた顔をした。

「もうあんたは……。変な言い方しないでよ」

「お、俺は、誓って茜殿に不埒《ふらち》なことはしていないぞ！」

焦ったように弁明する蘇芳さん。この人、真面目すぎるのかな。冗談が通じないタイプと見た。

だから弟が総大将になったことに、必要以上に悩んでしまったのかもしれない。

そんな兄の様子を見た常盤は、くつくつと喉の奥で笑う。

「わかっていますよ兄上。あ、お義姉《ねえ》さんなら、さっき目が覚めたようですよ。今日はもうすっかり調子がいいようです。廊下の突き当たり左側の部屋にいますよ」

「そうか!」

それを聞いた蘇芳さんは、目にもとまらぬ早さで廊下を駆けて、常盤が説明した部屋へと飛び込んでいった。

その猪突猛進《ちょとつもうしん》ぶりにおかしくなりつつも、私は常盤とその後を追う。

そっと部屋を覗くと、布団の上で上半身を起こした瑠璃さんと、その傍《かたわ》らに座る蘇芳さんの姿が見えた。

私はふたりの邪魔をしないよう、開いたままの障子の陰に隠れる。背後には、同じように常盤が立っていた。

「……何よ。なんで来たの」

瑠璃さんは突然の夫の登場に驚いた顔をした後、そっぽを向いてぶっきらぼうに言った。

「瑠璃。お前が怒った理由がようやくわかったよ。結婚の誓いをした日には、毎年あの料亭で夕焼けを見ようという約束。今年はすっかり失念していた。本当に申し訳なかった」

「………」

蘇芳さんが心を込めて詫びるが、瑠璃さんは逸らした顔を元には戻さない。

そんな彼女の手に、蘇芳さんは持っていた物を無理やり握らせた。

「約束の代わりにはならないが、これを受け取ってほしい」

「え……」

思いがけないプレゼントに、瑠璃さんは背《そむ》けていた顔を戻して、自分の手のひらの中の物を見つめた。

そして、驚愕《きょうがく》に目を見開く。

「これ……この、色……。雲の形は……！」

喉から絞り出すように、驚きの声を漏らす瑠璃さん。

瑠璃さんの手に蘇芳さんが握らせたのは、かんざしだった。

橙色《だいだいいろ》の大きな飾りの付いた、世界にひとつしかないかんざし。

澄んだ橙色《だいだいいろ》が、上から下に向かって徐々に濃くなっていく様子は、まるで夕焼け空を閉じ込めたようだ。橙色《だいだいいろ》の中にある、細く帯状の白は、さながら雲のようで。

そう、私は蘇芳さんと一緒に、ふたりの思い出の夕焼けをかんざしで再現したのだ。

球体の型にオレンジ色に着色したレジン液を入れ、雲を模した練り消しと一緒に、固めた。そして、でき上がった夕焼け色の球体を、かんざしに加工したのだ。

「本当にすまなかった、瑠璃。記念日は過ぎてしまったが、また来年この夕焼けを一緒に見に行ってはくれぬか」

いまだに驚きを隠せない瞳でかんざしを見ている瑠璃さんに向かって、蘇芳さんは真摯《しんし》に声をかける。

しかし瑠璃さんは、再びかんざしと夫から顔を背《そむ》けた。最初よりも、首の動きに勢いはなかったけれど。

「ど、どうせ茜ちゃんに聞いたんでしょ！　私が怒った理由！　鈍いあなたが気づくわけがないもの。それにこれだって、茜ちゃんが気を利かせて作ってくれたんじゃないの⁉」

瑠璃さんがすぐに信じてくれないだろうことは、ある程度私は想像していた。だからこの場で、ふたりの様子を見ていたのだ。

「私は何も言ってないですよ」

障子の陰に隠れたまま、私は微笑んで言う。ふたりの空間に入るのは気が引けたのだ。

「茜ちゃん……？」

「蘇芳さんはちゃんと自分で気づきましたよ。どうして瑠璃さんが怒ってたのか。かんざしは確かに私が作りましたが、蘇芳さんの協力がなければ作れませんでした。だって私は、ふたりが見た夕焼けの色も、雲の形も知らないんですから」

夕焼けの色合いを出す時、蘇芳さんは事細かに指示をした。「そんなに濃い橙《だいだい》ではなかった」「空の下の方は少し夜が混じっていた」という彼の言葉は、あの日の夕焼けを鮮明に覚えていなければ決して出てこないはずだ。

雲を再現するのも、蘇芳さんが「端は橙色《だいだいいろ》に染まっていた」とか、「細く横に伸びたものと、丸いのがいくつかあった」とか、細かく注文を付けてくるから、とても難しい作業だった。

瑠璃さんはもう一度かんざしを見つめる。

「……確かに、これはあの日の夕焼けと同じね。私たちふたりにしか、わからないものだわ」

そう言うと、彼女は夫の方を向いて、照れ臭そうに微笑む。蘇芳さんの顔がみるみるうちに歓喜に染まった。

「来年は絶対に、忘れないでよね」

「瑠璃。本当にすまなかった。本当に……。総大将の妻にしてやれなかったことが悔しくて、俺はそのことに囚《とら》われてしまっていた」

「私は気にしないと何度も言ったはずよ。私は、どんなあなたでも愛しているの」

「瑠璃……」

蘇芳さんは瑠璃さんをきつく抱きしめる。彼女は穏やかな顔をして、そんな彼の背中に腕を回した。

その姿を見届けた私は、静かに障子を閉めた。

その直後、私の全身を温かく柔らかい気配が包む。

伽羅ちゃんに金魚のペンダントを、京緋さんにどら焼きのマスコットを、それぞれ渡した後に覚えた感覚と、同じだった。

――そっか。蘇芳さんと瑠璃さんの夫婦喧嘩の仲裁が、ふたりの心の問題を解決したってことになったんだ。

これでまた、刻印にかかった呪いの効果が少し薄まった。

視線を巡らすと、私の傍《かたわ》らに立っていたはずの常盤が、いつの間にか縁側に座って朝焼けを眺めていた。

私はその隣に座り、彼が見ている朝の景色に視線を向ける。差し込む朝日は少し眩《まぶ》しいけれど、不思議と気持ちを落ち着かせてくれる光だった。

「おや。照れ屋の茜の方から僕の隣に来てくれるなんて珍しいね。とうとう僕の愛情が届いたのかな？」

「またすぐそういうこと言うんだから」

からかうように愛を告げてくる常盤に、私は呆れながらいつものように返す。だけど以前のように、彼を睨《にら》みつけたり不機嫌な顔をする気にはなれなかった。

「僕はいつでも準備万端だよ」

「ああ、そう」

「おや、今日はいつもより少しおとなしいね。はねっかえりの茜も好きだけど、おとなしい茜もかわいいな」

「………………」

私は、常盤の言葉を聞きながら黙りこくってしまう。

少し前のように、頭ごなしに彼を否定できずにいる自分がいた。

かといって、素直に常盤の言葉を受け入れられるほどでもなくて、どんな態度を取っていいのかわからなくなった。

――この化け猫の総大将も、たぶんいろいろな物を抱えている。

家族のこと。兄弟のこと。自分を慕う化け猫たちのこと。きっと、私が想像している以上に、さまざまなことと戦っているのかもしれない。

最初は、人の話を全く聞こうとしない上に、唐突に婚礼だの妻だの言われて、反発しかなかった。早く呪いを解いて離婚して、この状況から解放されたいと思った。

もちろん今も、離婚したいという気持ちは変わっていない。自分の意思とは関係ないところで結ばれた婚姻に一生縛られるなど、もってのほかだ。

だけど、常盤としばらく一緒にいて、私の彼に対する気持ちは大きく変わった。

化け猫の長《おさ》としての責任感を持ちながら情にも厚い人。そして本当は、私と同じように家族の温もりを求めている。人並みの寂しさを抱えている人。

常盤に対し、最初に感じたような悪印象はない、と自分でもわかっていた。

そしてきっと、彼は妻という存在を、心から愛するのだろうということも。

「……だからって、まだＯＫというわけではないけどね」

「ん？　何か言ったかい？　愛の告白ならはっきり言ってくれないと」

「なんでもないです」

誤魔化しながらも、和《なご》やかな気持ちになってしまう私。

やっぱり、このまま常盤の妻になる気はない。

結婚は愛する人とするべきものだ。愛を知らない私が、このまま常盤の妻であり続けるのは違うと思う。

無自覚に結んでしまった契《ちぎ》りは、一度きちんと解消しなくてはならない。

痣《あざ》が消えて、自分の意思で彼との婚姻について選択できるようになった時に、改めて考えてみようと思う。

自分の意思で、常盤との関係を。

そんなことをこっそり決意していたら、背後から足音が聞こえてくる。

「世話になったな。常盤、茜殿」

振り返ると、縁側に蘇芳さんと瑠璃さんが立っていた。

仲良く寄り添うふたりに向かって、常盤はいつものほほんとした調子で言う。

「またいつでも遊びに来てください」

「まったく、相変わらず争いがいのない奴だな。今の総大将がお前とは認めたが、ぼんやりしていたら、いつでも寝首を掻きに行くぞ。せいぜい覚悟しておけ」

物騒なことを言う蘇芳さんだったが、どこか楽しそうだった。

瑠璃さんはその隣で、くすくす笑っている。

「茜ちゃん。短い間だったけど、女同士の話ができて楽しかったわ。またこの人と喧嘩したら来るわね」

「はい」

ニヤニヤしながら瑠璃さんと話していると、蘇芳さんが慌てだした。

「そっ、そんなことはもうないと思うが?」

「それはあなた次第ねえ」

意地悪く言う瑠璃さん。蘇芳さん、鈍感そうだから、絶対また何かやらかしそうだなあと、私が思っていたことは内緒だ。

「も、もう行くとしよう、瑠璃」

これ以上、喧嘩のことを蒸し返されたくないのか、瑠璃さんの袖《そで》を引いて焦ったように蘇芳さんが言う。「はいはい」と、返事する彼女は余裕そうだ。

「では。常盤、茜殿。達者でな」

「またね」

そう言うと、ふたりは大きな化け猫の姿となり、空の彼方《かなた》へと飛んで行った。

しばらくふたりが消えた方を眺めていたら、突然、隣の常盤が意を決したような声を上げた。

「よし、茜」

常盤がじっと私を見つめてきたので、困惑してしまう。

「い、いきなり何？」

「兄上とお義姉《ねえ》さんの仲も元に戻ったことだし、そろそろ僕たちも仲良くしよう」

「仲良く……？」

一瞬なんのことを言っているのかわからなくて、私は首を傾げた。

——こいつの言っていることだから、単純に仲良く遊ぶとか、そういうことじゃないよね、きっと。

仲良く、仲良く……。え、あ、まさかっ！

「男と女で仲良くするといったら、決まっているだろう。今日夜這《よば》いに行くからね。なんなら今からでも……」

「なななな、何を言ってるのーっ！」

真っ赤になって絶叫すると、勢いよく立ち上がる。

一刻も早くこの色ボケした化け猫から離れなくてはと、足早に廊下を進む。

「どうしたんだい？　いきなり離れて」

そんな私の後を常盤は余裕で追ってくる。

さっきまでは、常盤を受け入れる未来もちょっとだけありかと思ったけれど、やっぱり無理だ。

「来ないで！」

「なんだ、やっぱり照れているのかい。大丈夫だよ、どんな茜も僕は受け入れるから」

「はあ!?　もう馬鹿馬鹿馬鹿！　あっち行ってーーーーっ！」

早朝の山奥の平屋に、私の絶叫が響き渡るのだった。

化け猫の総大将に見初《みそ》められた私の受難は、この先もまだまだ続きそうである。

★★★
アルファポリス第3回
キャラ文芸大賞
あやかし賞
受賞作

文明開化を迎えた帝都の軍人・小坂源二郎中尉は、見合いの席にいた。帝国では、人とあやかしの世をつなぐための婚姻が行われている。病で命を落とした甥の代わりに駆り出された源二郎の見合い相手は、西洋料理食べたさに姉と役割を代わった、あやかし狐の末姫。あやかし姫は西洋料理を望むも、生真面目な源二郎は見たことも食べたこともない。なんとか望みを叶えようと帝都を奔走する源二郎だったが、不思議な事件に巻き込まれるようになり――?

◉定価：本体660円+税　◉ISBN:978-4-434-28654-4

◉Illustration:Laruha

最愛の母を亡くし、天涯孤独の身となった高校生のひなこ。悲しみに暮れる中、出会ったのは、端整な顔立ちをした男性。生前、母は彼の家で通いのハウスキーパーをしていたというのだが、なんと彼は、ひなこに契約結婚を持ちかけてきて――
訳アリ夫+連れ子四人と一緒に、今日から、契約家族はじめます! ひとつ屋根の下で綴られる、ハートフル・ストーリー!

◎定価:本体640円+税(1巻)、本体660円+税(2巻)

●illustration:加々見絵里

小谷杏子
Kyoko Kotani
おいしいふたり暮らし
Oishii futari gurashi
今日もかたよりご飯をいただきます
第3回
ライト文芸大賞
大賞
受賞作品
クールで過保護な年下彼氏が
アナタの胃袋監視します♥
「あたしがちゃんとごはんを食べるよう『監視』して」。同棲している恋人の垣《かき》内《うち》頼《より》子《こ》に頼まれ、真《ま》殿《どの》修《しゅう》は昼休みに、スマホで繋いだ家用モニターを起動する。最初は束縛しているようで嫌だと抵抗していた修だが、夕食時の話題が広がったり、意外な価値観の違いに気付いたりと、相手をより好きになるきっかけにつながって——
◎定価：本体660円+税　◎ISBN:978-4-434-28655-1
◎Illustration：ななミツ

アルファポリス第3回
キャラ文芸大賞
特別賞
受賞!!

未央《みお》は、古民家に住んでいる新人BL《ボーイズラブ》漫画家。彼女は、あやかしである白狐《びゃっこ》と同居している。この白狐、驚いたことにBLが好きで、ノリノリで未央の仕事を手伝っていた。そんなある日、未央は新担当編集である小鳥遊《たかなし》と出会う。イケメンだが霊感体質であやかしに取り憑かれやすい彼のことを未央は意識するように……そこに白狐が、ちょっかいをいれてくるようになって——!?

◉定価：本体660円+税　◉ISBN:978-4-434-28558-5

◉Illustration：カズアキ

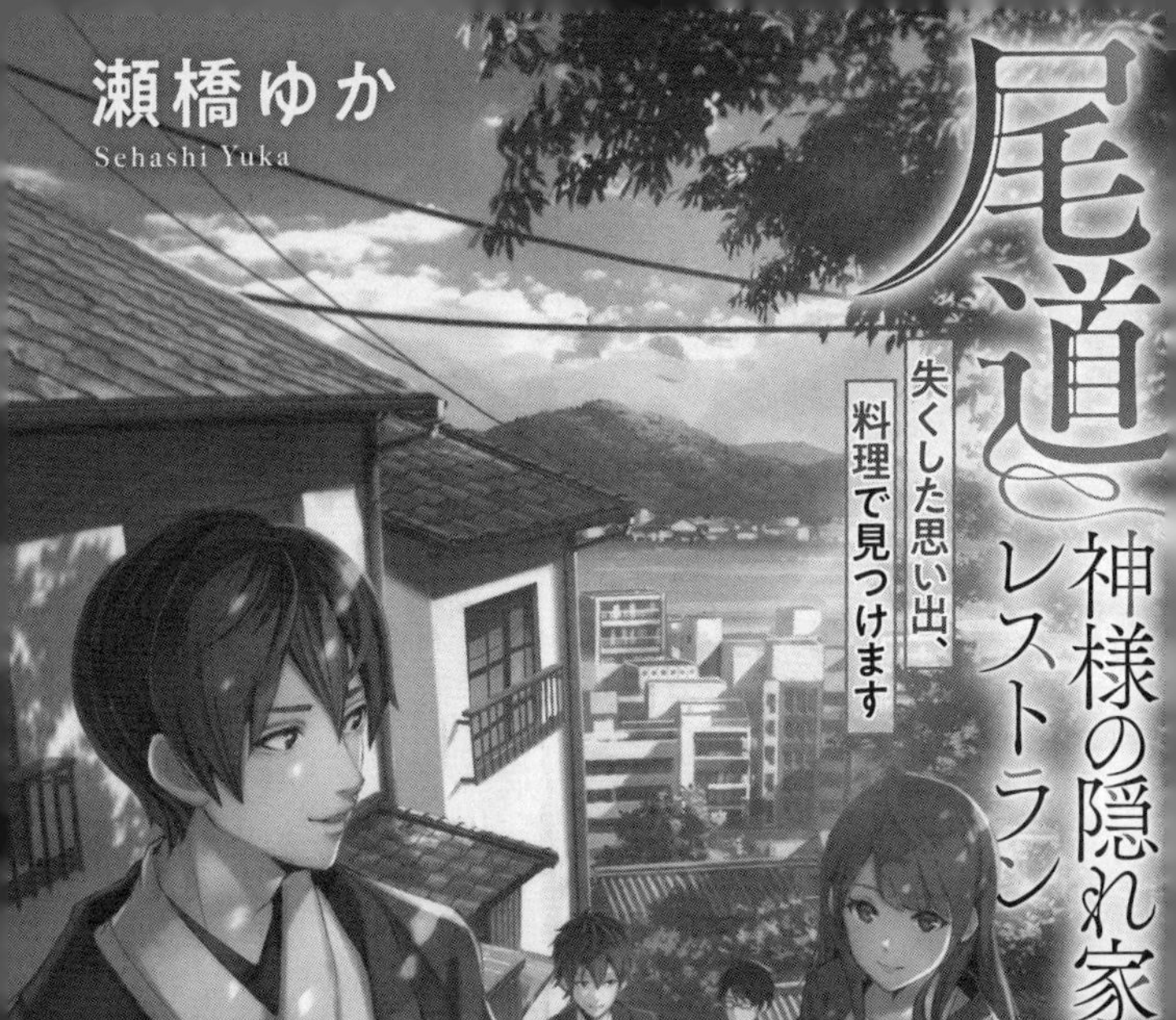

大学入学を控え、亡き祖母の暮らしていた尾道へ引っ越してきた野《の》一色《いしき》彩《あや》梅《め》。ひょんなことから彼女は、とある神社の奥にあるレストランを訪れる。店主の神威《かむい》はなんと神様の力を持ち、人やあやかしの探す思い出にまつわる料理を再現できるという。彼は彩梅が抱える『不幸体質』の正体を見抜き、ある料理を出す。それは、彩梅自身も忘れてしまっていた、祖母との思い出のメニューだった——
不思議な縁が織りなす、美味しい『探しもの』の物語。

◉定価：本体660円+税　◉ISBN:978-4-434-28250-8

◉Illustration：ショウイチ

せいめいさんちのふびんなおおや

晴明さんちの不憫な大家 1~3

著 烏丸紫明
karasuma shimei

祖父から引き継いだ一坪の土地は——

幽世《かくりよ》へとつながる不思議な扉でした

やたらとろくな目にあわない『不憫属性』の青年、吉祥真備《きちじょうまきび》。彼は亡き祖父から『一坪』の土地を引き継いだ。実は、この土地は幽世《かくりよ》へとつながる扉。その先には、かの天才陰陽師・安倍晴明《あべのせいめい》が遺した広大な寝殿造の屋敷と、数多くの“神”と“あやかし”が住んでいた。なりゆきのまま、真備はその屋敷の“大家”にもさせられてしまう。逃げようにもドSな神・太常《たいじょう》に逃げ道を塞がれてしまった彼は、渋々あやかしたちと関わっていくことになる——

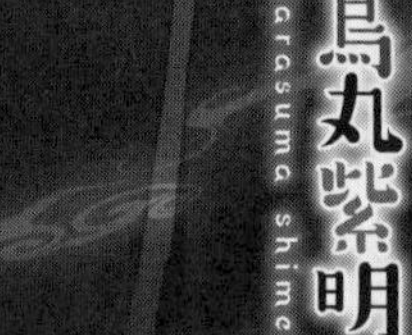

◎各定価：本体640円+税（1・2巻）本体660円+税（3巻）

©illustration：くろでこ

神様の学校
八百万《やおよろず》
ご指南いたします
壱
弐
アルファポリス第2回キャラ文芸大賞
特別賞受賞作
先生は高校生男子、
生徒は八百万の神々!?
ある日、祖父母に連れていかれた神社で不思議な子供を目撃した高校生の翔平《しょうへい》。その後、彼は祖父から自分の家は一代ごとに神様にお仕えする家系で、目撃した子供は神の一柱だと聞かされる。しかも、次の代である翔平に今日をもって代替わりするつもりなのだとか……驚いて拒否する翔平だけれど、祖父も神様も聞いちゃくれず、まずは火の神である迦具土《かぐつち》の教育係を無理やり任されることに。ところがこの迦具土、色々と問題だらけで——!?
●各定価：本体640円＋税　●Illustration：伏見おもち
神様の学校
八百万
浅井ことは
今度の生徒は
まさかの学問の神!?
祖父から神のお手伝い役を受け継いだ翔平。
ワケありな彼らに今日も四苦八苦！

この作品に対する皆様のご意見・ご感想をお待ちしております。

おハガキ・お手紙は以下の宛先にお送りください。

【宛先】

〒150-6008 東京都渋谷区恵比寿4-20-3 恵比寿ｶﾞｰﾃﾞﾝﾌﾟﾚｲｽﾀﾜｰ 8F
(株) アルファポリス　書籍感想係

メールフォームでのご意見・ご感想は右のＱＲコードから、
あるいは以下のワードで検索をかけてください。

アルファポリス　書籍の感想　検索

ご感想はこちらから

アルファポリス文庫

あやかし猫《ねこ》の花嫁様《はなよめさま》

湊 祥（みなと しょう）

2021年 3月31日初版発行

編集－本山由美・篠木歩
編集長－塙綾子
発行者－梶本雄介
発行所－株式会社アルファポリス
〒150-6008東京都渋谷区恵比寿4-20-3恵比寿ｶﾞｰﾃﾞﾝﾌﾟﾚｲｽﾀﾜｰ8F
TEL 03-6277-1601（営業） 03-6277-1602（編集）
URL https://www.alphapolis.co.jp/
発売元－株式会社星雲社（共同出版社・流通責任出版社）
〒112-0005東京都文京区水道1-3-30
TEL 03-3868-3275
装丁イラスト－ななミツ
装丁デザイン－AFTERGLOW
印刷－中央精版印刷株式会社

価格はカバーに表示されてあります。

落丁乱丁の場合はアルファポリスまでご連絡ください。

送料は小社負担でお取り替えします。


ISBN978-4-434-28653-7 C0193

ALPHAPOLIS
WEB CITY
SINCE 2000